COLLECTION FOLIO

Henry James

De Grey, histoire romantique

Traduit de l'américain
par Pierre Fontaney

Gallimard

Cette nouvelle est extraite des *Nouvelles complètes*, I
(Bibliothèque de la Pléiade).

Titre original :
DE GREY, A ROMANCE

Henry James est né américain en 1843, mais mort anglais en 1916 après avoir demandé la nationalité britannique. Élevé dans le culte de la civilisation européenne et du Vieux Monde, il partage très tôt son temps entre l'Europe et les États-Unis. Grâce à la fortune familiale, il peut se consacrer exclusivement à la littérature et, dès 1864, publie des nouvelles et des articles critiques. Après plusieurs voyages, il s'installe finalement à Paris, fréquente les salons littéraires et passe beaucoup de temps en Italie. En 1875 paraît son deuxième roman, *Roderick Hudson*, l'histoire d'un jeune avocat américain qui quitte tout pour devenir un sculpteur renommé à Rome. L'année suivante, dans *L'Américain*, c'est Christopher Newman qui part chercher culture et épouse en Europe. Les thèmes de la plupart de ses œuvres y sont déjà abordés : l'opposition entre la vieille Europe et la jeune Amérique, le puritanisme, l'innocence. Publiée en 1878, la longue nouvelle *Daisy Miller* en est une illustration. Dans *Les Bostoniennes* en 1885, il décrit, sur fond de lutte féministe, la complexité des cœurs et des êtres. L'art de Henry James culmine dans *Ce que savait Maisie* (1897), où la petite Maisie, dont les parents ont divorcé, observe le monde des adultes à la fois avec innocence et maturité. Il met en scène des enfants encore dans *L'élève* (1891) et dans une de ses plus célèbres nouvelles, *Le tour d'écrou* (1898), où surgissent toutes les terreurs de l'enfance et le surnaturel. Il publie ensuite trois longs romans. *Les ailes de la colombe* en 1902 : Milly Theale, riche héritière, condamnée par la maladie, est manipulée par son amie Kate qui veut s'approprier sa fortune. *Les ambassadeurs*, en 1903, met en scène la séduction qu'exercent Paris et son atmosphère : Lambert Strether est chargé de ramener l'héritier d'une grande famille de Boston épris d'une Française. Mais, conquis à son tour par l'esprit de liberté qui règne sur son pays d'origine, il y retourne pour un an, imprégné de la culture de la « vieille Europe ». En 1904, *La coupe d'or* marque la fin de sa carrière de romancier, mais non d'écrivain. Il publie une *Autobiographie*, revoit tous ses romans pour une édition de ses œuvres complètes et rédige ses *Carnets*. Le déclenchement de la Première Guerre mondiale l'affecte énormément et sa volonté de devenir citoyen britannique en 1915 traduit la déception qu'il ressent vis-à-vis de la position des États-Unis à ce moment.

Découvrez, lisez ou relisez Henry James :

LES BOSTONIENNES (Folio n° 479).

L'AMÉRICAIN (Folio n° 1346).

LES AILES DE LA COLOMBE (Folio n° 3141).

DAISY MILLER (Folio Bilingue n° 45 et Folio 2 € n° 3624).

LE MENTEUR (Folio 2 € n° 4319).

LE DERNIER DES VALERII (Folio Bilingue n° 154).

LA MAISON NATALE (L'Étrangère et Folio Bilingue n° 78).

LE BANC DE LA DÉSOLATION ET AUTRES NOUVELLES (Folio classique n° 3773).

LA SOURCE SACRÉE (Folio classique n° 4190).

C'était en l'an 1820 et conséquemment – comme on dit dans nos campagnes reculées et, à vrai dire, ailleurs aussi – Mrs. De Grey avait atteint son soixante-septième printemps. Elle était néanmoins encore belle et (ce qui est bien plus précieux) encore aimable. Le cours exempt de turbulences et serein de sa vie avait laissé aussi peu de rides sur son humeur que sur son visage. Elle était grande de taille, bien en chair, avec des yeux sombres et une abondante chevelure blanche qu'elle portait tirée en arrière et enroulée autour d'un crépon ou de quelque accessoire de cette sorte. La fraîcheur de la jeunesse et de la bonne santé n'avait aucunement délaissé ses joues et le sourire de son imperturbable courtoisie ne s'était pas éteint sur ses lèvres. Elle s'habillait de noir, ainsi qu'il convenait à une femme de son âge et à une veuve, mais elle agrémentait ses vêtements de beaucoup de blanc et ornait ses fines mains d'un certain nombre de jolies bagues. Il lui arrivait souvent, le printemps venu, de piquer sur sa robe une petite fleur ou un menu rameau de feuilles vertes. On l'avait soupçonnée de recevoir ces petits ornements floraux des mains de Mr. Herbert (personnage sur lequel j'aurai davantage de choses à dire), mais l'accusation n'est pas fondée, car en réalité elle les choisissait elle-même avec beaucoup de soin parmi la poignée que sa femme de chambre lui apportait chaque matin du jardin.

Que Mrs. De Grey fût simplement la vieille dame placide et élégante qu'elle était demeurait pour la société, en dépit des nombreuses données propres à étayer cette conclusion, une manière d'énigme et de problème. Assurément, tous ceux qui savaient quelque chose d'elle savaient qu'elle avait connu une grande opulence matérielle et n'avait éprouvé aucun revers de fortune. Elle possédait en propre une belle fortune et une belle maison. Certes, elle avait perdu son mari moins d'un an après son mariage, mais feu George De Grey avait été d'une disposition morose et hargneuse, au point même de le faire taxer de dérangement d'esprit, de sorte qu'à bien y regarder, cette perte, qui la laissait largement à l'abri du besoin, aurait pu passer pour un avantage. De plus, son fils ne lui avait jamais causé le moindre souci : il était devenu en grandissant un charmant jeune homme, beau, spirituel, équilibré, et un modèle d'amour filial. Elle était en bonne santé, elle avait à son service une demi-douzaine de domestiques irréprochables, elle jouissait en permanence du privilège de la compagnie de l'incomparable Mr. Herbert, il ne se trouvait pas plus belle vieille dame dans toute la ville – bref, il y avait toutes les raisons pour qu'elle fût et parût heureuse. D'un autre côté, on avait entendu une douzaine de femmes sensées dire avec force que, malgré toutes ses richesses et tout son bonheur, elles n'eussent pas voulu être Mrs. De Grey. Elles étaient évidemment incapables de donner une explication rationnelle à une répulsion aussi forte, mais il est certain qu'il s'attachait au passé et à la situation de Mrs. De Grey un voile – comme une ombre – de mystère, qui refroidissait les imaginations qui eussent été trop facilement tentées de lui envier sa bonne fortune. « Elle vit les rideaux tirés », avait dit quelqu'un. Ceux qui l'observaient de près lui faisaient l'honneur de croire qu'il y avait dans sa vie un secret, dont toutefois la nature demeurait tout à fait imprécise.

Était-elle victime de quelque chagrin caché ou bien maîtresse de quelque joie clandestine ? On croira aisément que, pour une part, de telles supputations s'expliquaient par le fait qu'elle était catholique et qu'il y avait un prêtre dans sa maisonnée ; quant à la part inexpliquée, son comportement parfaitement ouvert et satisfait aurait pu suffire à lui enlever tout crédit. Il était certainement difficile, lorsqu'on parlait avec elle, de concevoir à quelle partie de sa personne – ses yeux limpides et ronds ? ses jolies lèvres bienveillantes ? – on pouvait attribuer du mystère. Disons donc, contre la rumeur de la société, que ce n'était pas une reine de tragédie. C'était une belle femme, une femme falote, une dame accomplie. Elle avait pris la vie comme elle prenait son thé, qu'elle aimait léger, d'un arôme délicat, avec beaucoup de crème et de sucre. Elle n'avait jamais été de mauvaise humeur, pour l'excellente raison qu'elle n'avait pas d'humeur. Elle n'était incommodée par aucune peur, aucun doute, aucun tourment de conscience, elle n'était nantie d'aucune certitude spirituelle. Elle avait de l'affection pour son fils, l'Église, son jardin, ses toilettes. Elle avait le meilleur goût, mais on peut dire que, moralement, elle n'avait pas d'histoire.

Mrs. De Grey avait toujours mené une vie

retirée ; durant les deux années qui avaient précédé la période dont je parle, elle avait vécu dans la solitude. Son fils, ses vingt-deux ans accomplis, était parti pour un long séjour en Europe, selon un plan qui avait fait l'objet de discussions renouvelées entre sa mère et Mr. Herbert tout au long de son adolescence. Ils n'avaient en aucune sorte essayé de prévoir le cours futur de sa vie ni de le préparer à une profession donnée. À dire vrai, il était, comme son défunt père, libre de se dispenser d'en prendre une. Non qu'il fût souhaitable qu'il se donnât la vie de son père en exemple. Celui-ci, à ce que croyaient savoir le monde en général et, naturellement, Mrs. De Grey et son compagnon en particulier, avait été très tôt brisé par une mésaventure amoureuse et avait en conséquence, de notoriété publique, passé les quelques années de son âge mûr qui lui restaient à vivre dans un état d'oisiveté et de dissipation des plus mélancoliques. Mrs. De Grey, dont le père était un Anglais, tombé dans la pauvreté mais ayant de hautes prétentions aristocratiques, se disait incapable de comprendre pourquoi il n'était pas possible que Paul vécût honorablement de ses rentes. Mr. Herbert déclarait qu'en Amérique l'oisiveté n'était honorable à aucun des degrés de la société et qu'il espérait que le jeune homme choisirait, au moins dans le principe, un métier. Ils se trouvaient toutefois d'accord pour estimer que rien ne pressait et qu'il convenait, avant toute chose, que Paul vît le monde. Le monde, pour Mrs. De Grey, ne représentait pas beaucoup plus qu'un simple mot, mais pour le prêtre qu'était Mr. Herbert, c'était une intense réalité. Il avait néanmoins le sentiment que le jeune homme généreux et intelligent, pour l'éducation de qui il avait prodigué tous ses trésors de tendresse et de discernement, n'était pas inapte, par sa nature et par sa formation, à affronter les écueils et les tentations du siècle ; il ne l'en aimerait que plus lorsqu'il reviendrait au bercail, à l'âge de vingt-cinq ans, gentleman accompli et bon catholique, assagi et aguerri par l'expérience, sceptique sur les broutilles de l'existence mais assuré sur l'essentiel, et débordant d'anecdotes intéressantes. Lorsqu'il atteignit sa majorité, Paul reçut, comme on dit, son congé, sous forme d'une généreuse lettre de crédit à faire valoir auprès de certains banquiers londoniens, mais il mit la lettre dans sa poche et resta dans la maison maternelle à s'absorber dans ses lectures, musarder au jardin et griffonner des vers épiques. Au bout d'un an, il mobilisa un peu d'ambition et fit un périple en Amérique, principalement à cheval. Il en revint patriote ardent et avec l'impression de pouvoir sans risque partir à l'étranger. Pendant son absence en Europe, il avait envoyé d'innombrables et longues lettres – compositions si travaillées (dans le goût de l'époque, pourtant proche de nous) et si charmantes que sa mère et son ancien précepteur, partagés qu'ils étaient entre la fierté que leur inspirait son talent d'épistolier et leur désir de revoir son visage, n'auraient su dire s'il leur donnait plus de satisfaction lorsqu'il était avec eux ou à l'étranger.

Son départ plongea la maisonnée dans une quiétude ininterrompue. Mrs. De Grey ne sortait pas et ne recevait pas, son hospitalité n'étant sollicitée que par quelques rares visites de l'après-midi. Mr. Herbert, qui était un grand érudit, consacrait tout son temps à l'étude ; quant à sa protectrice, elle passait la majeure partie du sien seule, parée avec un goût d'une perfection qu'il ne se trouvait personne pour admirer (hormis sa femme de chambre, que cela emplissait d'une persistante vénération), et l'occupait à lire quelque livre pieux ou à tricoter des sous-vêtements pour les nécessiteux bien-pensants. Il lui arrivait parfois d'écrire à son fils de longues lettres – dont Mr. Herbert avait quelque difficulté à deviner le contenu. Il y a quarante ans, ce genre de vie passait pour ennuyeux ; de nos jours, sans nul doute, il passerait pour mortel. Il ne faut donc pas s'étonner si finalement, un matin d'avril, dans la soixante-septième année de son âge (comme je l'ai dit), Mrs. De Grey commença soudain à soupçonner que sa solitude lui pesait. Une autre longue année au moins devait commencer et finir avant le retour de Paul. Après avoir médité pendant un certain temps en silence, elle résolut de s'en ouvrir au père Herbert.

Ce personnage, anglais de naissance, avait été l'ami intime de George De Grey, qui avait fait sa connaissance avant son mariage, lors d'un séjour en Europe. Mr. Herbert était le fils cadet d'une excellente famille catholique et entamait à l'époque, avec de faibles moyens financiers, une carrière d'homme de loi. Ils se rencontrèrent à Londres et conçurent l'un pour l'autre une grande sympathie. Herbert n'avait ni attirance pour sa profession ni ambition marquée d'aucune sorte. De plus, sa santé était médiocre. Aussi son ami put-il facilement le convaincre de lui servir de compagnon dans son voyage à travers la France et l'Italie. La bourse de De Grey était fort bien garnie et il se montra un ami et un protecteur très libéral.

Les deux jeunes gens poussèrent leurs pérégrinations jusqu'à Venise, dans la meilleure des humeurs et des ententes. Mais là, pour des raisons connues d'eux seuls, ils se querellèrent violemment et irrémédiablement. Selon les uns ce fut à la table de jeu, selon d'autres à cause d'une femme. Quoi qu'il en soit, le résultat fut que De Grey retourna en Amérique et que Herbert se rendit à Rome. Il y fut reçu dans un monastère, étudia la théologie et fut, pour finir, ordonné prêtre. De retour en Amérique, De Grey épousa, dans sa trente-troisième année, la dame dont j'ai fait la description. Quelques semaines après son mariage, il écrivit à Herbert pour exprimer son désir véhément d'une réconciliation. Herbert comprit que c'était la lettre d'un homme très malheureux. Il lui avait déjà pardonné, eut pitié de lui et obtint rapidement de se faire envoyer aux États-Unis en mission ecclésiastique. Une fois à New York, il se présenta à la maison de son ami, qui devint la sienne. Mrs. De Grey venait de donner naissance à un fils. Son mari était contraint par la maladie de garder la chambre. Ses excès sensuels répétés l'avaient réduit à l'ombre de lui-même. Il vécut quelque deux mois seulement après l'arrivée de Herbert, et la rumeur se répandit après sa mort qu'il lui avait légué une rente confortable, sous condition qu'il continuât de résider avec sa veuve et assumât la pleine responsabilité de l'éducation de son fils.

La suite confirma cette rumeur. Il y avait, à l'époque dont je parle, vingt-cinq ans que Herbert vivait sous le toit de Mrs. De Grey en ami, compagnon et conseiller, et aussi en précepteur de son fils. Une fois réconcilié avec son ami, il avait petit à petit abandonné ses fonctions sacerdotales. Il était d'une constitution fondamentalement pieuse, mais n'éprouvait fortement le besoin ni d'une paroisse ni d'une chaire. Par ailleurs, son goût du savoir était devenu insatiable. Son défunt ami lui avait laissé une bibliothèque de valeur, qu'il avait progressivement enrichie. Sa passion de l'étude, cependant, pouvait paraître singulièrement désintéressée, dans la mesure où pendant de longues années son jeune ami Paul était demeuré le seul témoin et bénéficiaire de son érudition. Il est vrai qu'il avait composé une bonne partie d'une *Histoire de l'Église catholique en Amérique*, dont le manuscrit existe, mais qui n'a jamais vu le jour et a, je suppose, peu de chances de le voir. C'est une œuvre de la plus haute tenue, car elle s'appuie sur une documentation considérable. Le point de vue est celui non de l'esprit partisan, mais du parfait respect. Elle a toutefois un défaut fatal : le manque d'onction.

On aurait pu faire un reproche semblable à la personne du père Herbert. Il était la politesse même, mais sa courtoisie était froide et formelle. Lorsqu'il souriait, c'était du bout des lèvres, comme disent les Français, et lorsqu'il vous serrait la main, c'était du bout des doigts. Dans sa jeunesse, son visage avait été charmant et, au temps où les messieurs poudraient leurs cheveux, ses beaux yeux noirs avaient dû être du meilleur effet. Mais il était devenu chauve et couvrait le sommet dénudé de son crâne d'une petite calotte de soie noire. Il ne portait pas de faux col et enroulait de nombreuses fois autour de son cou une cravate noire. Il était petit et frêle, avait les épaules voûtées, et aussi de jolies mains.

« S'il n'y avait pas, hélas ! un signe du contraire, dit Mrs. De Grey, appliquant sa décision de consulter son ami, je croirais que je rajeunis.

– Et quel est ce signe ? demanda Herbert.

– Ma vue baisse. J'ai du mal à lire. Et si j'étais en train de devenir aveugle ?

– Et qu'est-ce qui vous donne à croire que vous rajeunissez ?

– Je me sens bien seule. J'ai besoin de voir du monde. Paul me manque.

– Paul sera de retour dans un an.

– Je sais, mais en attendant je vais être bien malheureuse. J'aimerais connaître quelqu'un de gentil que je puisse inviter à venir habiter avec moi.

– Pourquoi ne prenez-vous pas une dame de compagnie ? une personne pauvre et comme il faut, qui cherche une famille ? Elle vous ferait la lecture et la conversation.

– Non, ce serait terrible. Elle serait certainement vieille et laide. J'aimerais que ce soit quelqu'un qui remplace Paul – quelqu'un de jeune et de frais comme lui. Nous sommes tous si horriblement vieux dans la maison. Vous avez au moins soixante-dix ans. J'en ai soixante-cinq, eut-elle la coquetterie de préciser. Deborah en a soixante, la cuisinière et le cocher cinquante-cinq chacun.

– C'est donc une jeune fille qu'il vous faut ?

– Oui, une jeune fille gentille et fraîche, qui rirait de temps en temps et ferait un peu de musique – qui mettrait un peu de bruit dans la maison.

– Eh bien, dit Herbert après un instant de réflexion, il vaudrait mieux faire à votre idée avant le retour de Paul. Il ne vous reste qu'une année.

– Mon Dieu ! dit Mrs. De Grey, je ne me sentirais pas obligée de la renvoyer à cause de Paul. »

Le père Herbert jeta à sa compagne un regard pénétrant. « Chère amie, vous savez pourtant ce que je veux dire.

– Oui, je sais évidemment ce que vous voulez dire – et vous, père Herbert, vous savez ce que je pense.

– En effet, madame, et permettez-moi d'ajouter que j'y attache peu d'importance. Pourquoi le ferais-je ? J'espère de tout cœur que vous ne serez jamais contrainte de changer d'avis.

– Paul a certainement eu le temps, dit Mrs. De Grey, de se jouer une bonne douzaine de fois sa petite tragédie.

– Son père, répliqua gravement Herbert, avait vingt-six ans. »

À ces mots Mrs. De Grey rougit et regarda le prêtre avec un léger froncement des sourcils, mais il ne se donna pas la peine de retourner son regard, et très vite, sans rien dire de plus, elle retrouva sa sérénité habituelle.

Moins d'une semaine après cet échange, Mrs. De Grey remarqua à l'office du dimanche deux personnes qui semblaient nouvelles venues dans la paroisse : une femme d'un certain âge, pauvrement habillée et de toute évidence en mauvaise santé, mais très raffinée dans sa personne et son maintien, et une jeune fille dont elle était sans doute la mère. Le dimanche suivant elle les vit à nouveau à leurs dévotions et fut fortement frappée par la tristesse et l'anxiété qu'exprimaient leurs visages et leurs attitudes. Elles n'étaient pas là le troisième dimanche, mais il se trouva que dans la semaine qui suivit, en allant à confesse, elle croisa la jeune fille – pâle, seule et en vêtements de deuil – qui apparemment sortait tout juste du confessionnal. Il y avait dans sa démarche et l'expression de son visage quelque chose qui dit tout de suite à Mrs. De Grey qu'elle était seule au monde, sans amis et désarmée, et l'excellente dame, qui elle-même avait parfois le vif sentiment de sa propre solitude parmi les hommes, éprouva le besoin puissant et charitable de parler à l'inconnue et de lui demander la cause de sa douleur. Elle l'arrêta avant qu'elle eût quitté l'église et, s'adressant à elle avec la plus grande bienveillance, eut si tôt fait de gagner sa confiance qu'en moins d'une demi-heure elle connaissait toute son histoire. La jeune fille venait de perdre sa mère et se retrouvait dans la grande ville sans argent et quasiment à la rue. Elles étaient du Sud ; son père, officier de la marine de guerre, était mort en mer il y avait deux ans. La santé de sa mère s'était dégradée et elles avaient été assez malavisées pour venir à New York consulter un éminent docteur. Celui-ci s'était montré plein de bonté, il ne s'était pas fait payer, mais sa science avait été vaine. Leur argent était rapidement parti en d'autres choses – en nourriture, en loyer et en vêtements. Il en était resté assez pour faire à la pauvre femme des funérailles respectables, mais la jeune fille n'avait plus d'autre recours que son propre labeur. Elle n'avait pas de famille à laquelle faire appel, mais elle se déclarait plus que disposée à gagner sa vie. « Je n'ai pas l'air solide, dit-elle, j'ai mauvaise mine, mais en réalité je suis forte. C'est seulement que je suis fatiguée, et triste. Je suis prête à faire n'importe quel travail, mais je ne sais pas comment m'y prendre. » Elle avait perdu ses couleurs et les bonnes joues et l'élasticité de la jeunesse, elle était maigre et mal habillée, mais Mrs. De Grey vit qu'elle devait être, lorsqu'elle était à son avantage, vraiment très jolie, et qu'elle était d'un naturel charmant. Elle regardait la vieille dame de ses yeux bleus brillants et implorants, par-dessous le hideux bonnet noir qui retenait la masse de sa chevelure claire et soyeuse. Elle l'assura qu'elle avait reçu une très bonne éducation et qu'elle savait jouer du piano-forte. Mrs. De Grey l'imagina délivrée de ses misérables vêtements de deuil et revêtue d'une robe blanche ornée d'un ruban bleu, en train de lire à voix haute près d'une fenêtre ouverte ou de caresser les touches de sa vieille et encore mélodieuse épinette ; car elle était bien décidée, si elle « prenait » la jeune fille (comme elle le formulait intérieurement), à ne pas se laisser tourmenter par la vue de ses habits noirs. Il était évident que la pauvre enfant, apeurée, affaiblie et timide comme elle était, accepterait n'importe quelle condition. Mrs. De Grey, ayant complètement oublié dans quel dessein elle était venue à l'église, l'embrassa alors tendrement dans l'enceinte sacrée même et l'emmena jusqu'à sa voiture. Le lendemain, la voiture servit à conduire Margaret Aldis (ainsi qu'elle s'appelait) chez Mrs. De Grey.

La maison où habitait Mrs. De Grey a été démolie il y a de cela quelques années et l'endroit où elle se dressait se trouve de nos jours exactement au centre d'une turbulente avenue. Au temps dont je parle, elle était en bordure de la ville et donnait d'un côté sur une étendue champêtre aussi ample que l'était de l'autre celle des rues et des maisons serrées les unes contre les autres. De plus, c'était une excellente vieille demeure, dans le meilleur goût de l'époque, avec de grandes pièces carrées, de larges vestibules et des fenêtres profondes, et surtout un vaste et merveilleux jardin, que des murs d'une verdure épaisse séparaient de la rue. C'est là qu'entourée de calme et de confort matériel, arrachée au torrent bourbeux des difficultés quotidiennes, isolée dans la douce chaleur d'un soleil tempéré – considérée, estimée, choyée – et sentant néanmoins qu'elle n'était pas l'objet passif de la charité, mais qu'elle faisait tout ce qui était possible pour payer sa protectrice de retour, la pauvre Miss Aldis fleurit et s'épanouit à nouveau. Avec le repos, le luxe et le loisir, sa gaieté et sa beauté naturelles lui revinrent. Ce n'était pas en vérité une beauté éclatante ni une gaieté bruyante, mais toute la grâce de la jeunesse rayonnait dans leur alliance. Il subsistait quelque chose de ténu et de fragile dans son apparence, une légèreté dans sa démarche, une douceur dans sa voix, une pâleur de son teint, qui rappelaient qu'elle avait une expérience intime de la souffrance. Mais la lumière d'une vitalité presque dévorante semblait néanmoins briller dans ses yeux bleus profonds, et sur ses lèvres pâles et fermes se lisait l'expression d'une volonté forte et fervente. Elle donnait parfois l'impression de se livrer avec un abandon voluptueux, impétueux, presque ingrat, au pur sentiment de sécurité. Il était évident qu'elle avait un goût inné du luxe. Parfois elle restait pendant des heures assise, immobile, la tête rejetée en arrière, promenant lentement ses regards, perdue dans une extase muette de bonheur. À ces moments-là, le père Herbert, qui l'observait avec attention depuis son arrivée (car, tout homme de livres et tout retiré du monde qu'il fût, il n'avait pas perdu la capacité d'apprécier la grâce féminine) – à ces moments-là, le vieux prêtre l'examinait à la dérobée et s'émerveillait de la créature extraordinaire et comme privée d'âme que Mrs. De Grey avait adoptée. Un soir, après un long engourdissement de cette sorte, durant lequel la jeune fille, sans bouger ni parler, était restée assise comme si son âme s'était détachée d'elle et errait dans l'espace, elle se leva lorsque Mrs. De Grey lui donna enfin un ordre et elle s'avança comme pour l'exécuter et puis, se précipitant tout d'un coup vers la vieille dame, tomba à genoux devant elle, enfouit la tête dans son giron et éclata en un paroxysme de sanglots. Herbert, qui était présent, s'avança jusqu'à elle, lui posa une main sur la tête et de l'autre fit le signe de la croix, en manière de bénédiction – accordant sa consécration à la gratitude passionnée qui s'était ainsi finalement exprimée. De cet instant il la porta dans son cœur.

Margaret faisait la lecture à Mrs. De Grey. Les dimanches soir, elle chantait d'une voix claire et harmonieuse les cantiques de leur Église. Elle s'occupait sans discontinuer à des travaux d'aiguille, auxquels elle était très habile. Elles passaient ensemble les longues matinées d'été, à lire, travailler et bavarder. Margaret rapportait à sa compagne les détails simples et tristes du passé qu'elle avait déjà résumé pour elle dans ses grandes lignes, et Mrs. De Grey, qui trouvait tout à fait normal de voir en eux une espèce d'histoire vraie composée pour la divertir, les lui faisait répéter dix fois de suite. En échange, elle honorait la jeune fille du récit de sa propre vie, qui suscitait, dans son immense vacuité, une vague impression de grandiose chez Margaret. Ce vide était à vrai dire agrémenté par le personnage de Paul, que Mrs. De Grey ne se lassait jamais de décrire et à qui Margaret en vint à penser avec beaucoup de plaisir. Elle écoutait avec grande attention les éloges que Mrs. De Grey faisait de son fils et se disait que son absence était bien regrettable. Et puis elle commença à désirer son retour, et ensuite, brusquement, à le craindre. Peut-être n'apprécierait-il pas sa présence et la renverrait-il. De toute évidence sa mère n'était pas disposée à le contredire. Peut-être – et c'eût été pire encore – épouserait-il quelque étrangère, qu'il ramènerait à la maison et qui éprouverait pour Margaret une haine jalouse (comme c'est de règle pour les étrangères). Il allait de soi pour De Grey, dans ses vagabondages à travers l'Europe, qu'il n'était jamais loin des pensées de son excellente mère, mais il demeurait superbement ignorant du prestige qu'il avait conquis dans les méditations de l'humble compagne de celle-ci. Certes nous savons où commence notre vie, mais lequel d'entre nous en prédira jamais l'aboutissement ? Prenez l'exemple de cet insouciant jeune monsieur, dont l'existence éveillait des échos sans fin dans l'âme d'une pauvre jeune fille totalement inconnue de lui. Mrs. De Grey possédait deux portraits de son fils, qu'elle se hâta naturellement de montrer à Margaret : l'un, qui remontait à son enfance, était celui d'un garçonnet aux cheveux roux aussi flamboyants que ses joues, le corps pris dans une veste d'un bleu vif et le cou enserré dans un jabot ouvrant bas sur la poitrine ; l'autre, exécuté juste avant son départ, celui d'un beau jeune homme en gilet de chamois, rasé de près, l'air animé, aux cheveux auburn courts et frisés, avec de très beaux yeux. La pauvre Margaret pensa que le premier représentait un très joli enfant, mais tomba incontinent amoureuse du second – d'autant plus facilement que Mrs. De Grey l'assura que, bien que le tableau fût fort séduisant, il ne donnait qu'une très faible idée du charme réel de son adorable garçon. Deux mois plus tard arrivèrent une lettre de Paul, longtemps attendue, et avec elle un autre portrait – une miniature peinte par un artiste parisien de renom. Paul y paraissait beaucoup plus élégant que dans l'œuvre du peintre américain. Il était difficile de dire exactement en quoi consistait la différence, mais sa mère déclara qu'on voyait clairement qu'il avait passé deux années à fréquenter la meilleure société d'Europe.

« Tiens, tiens ! la meilleure société ! » dit le père Herbert, qui mesurait toute la force de l'expression. Il eut un bref sourire de dédain indulgent et puis reprit sa gravité habituelle.

« Je trouve qu'il a l'air très triste, hasarda Margaret.

– Allons donc ! s'écria Herbert impatiemment. Il a l'air d'un jeune fat. Naturellement, c'est la faute de ce Français, ajouta-t-il plus aimablement. Quelle idée de nous envoyer un portrait ! Quelle impertinence ! Est-ce qu'il croit que nous l'avons oublié ? Lorsque je veux me rappeler mon Paul, j'ai d'autres choses à ma disposition que ce petit morceau d'ivoire prétentieux. »

Sur quoi les deux dames s'en furent lire la lettre de Paul en privé, emportant le portrait avec elles. C'était une lettre de huit pages, que Margaret lut à haute voix. Et puis, lorsqu'elle eut fini, elle la relut et, le soir, la relut une fois encore. Le lendemain, Mrs. De Grey mit la jeune fille complètement dans sa confidence et sortit le gros paquet qu'elle avait fait des lettres précédentes : Margaret passa toute la matinée à les lui lire. Ce soir-là elle alla se promener seule dans le jardin – le jardin dans lequel il avait, lui, joué lorsqu'il était enfant et, jeune homme, flâné et rêvé. Elle trouva son nom – ce nom charmant – maladroitement gravé sur un banc de bois. Ainsi introduite par ses lettres, à ce qu'il lui paraissait, dans l'enceinte de sa personnalité, dans le mystère de son être, dans le cercle magique de ses sentiments, de ses opinions, de son imagination – vagabondant à ses côtés, sans être vue, par toute l'Europe, et foulant, sans être entendue, le pavé sonore d'églises et de palais célèbres –, elle eut le sentiment de goûter pour la première fois la substance et la douceur de la vie. Margaret passa ainsi presque une heure entière à se promener à la lumière des étoiles, le long des allées sombres et parfumées. Mrs. De Grey, souffrante, s'était retirée. La jeune fille entendit la rumeur lointaine de la cité décroître lentement et s'éteindre et alors, lorsque la paix de la nuit fut totale, elle retourna au petit salon par la porte-fenêtre et alluma l'un des grands chandeliers d'argent qui ornaient les extrémités du manteau de la cheminée. Elle le porta jusqu'au mur auquel Mrs. De Grey avait accroché la miniature, qu'elle avait au préalable placée dans un immense cadre doré d'où elle avait délogé un tableau de moindre valeur. Margaret avait le sentiment qu'il lui fallait regarder le portrait avant d'aller se coucher. Il y avait un enchantement et un ravissement particuliers à le contempler, seule, à la lumière du chandelier. Le vent s'était levé – un chaud vent d'ouest – et les longs rideaux blancs des fenêtres ouvertes ondulaient et se gonflaient dans l'obscurité à la manière de fantômes. Margaret protégeait de la main la flamme de la bougie et ne pouvait se détourner de la surface polie de la miniature, chaude dans la lumière, sous sa plaque de verre brillante. Quels immenses espaces de vie et de passion se concentraient dans ces quelques pouces carrés de couleur artificielle ! Les yeux du jeune homme semblaient se fixer sur elle comme s'il la reconnaissait parfaitement. Ils la fascinaient : elle restait sur place, incapable de bouger. Soudain la pendule de la cheminée sonna distinctement un coup. Elle sursauta et se retourna à la pensée qu'il était déjà dix heures et demie. Elle leva haut la bougie pour voir le cadran et s'aperçut de trois choses : qu'il était une heure du matin, que la bougie était à moitié consumée et que quelqu'un était à l'autre bout de la pièce et l'observait. Elle posa le chandelier et reconnut le père Herbert.

« Eh bien ! Miss Aldis, dit-il en s'avançant dans la partie éclairée, qu'est-ce que vous en pensez ? »

Margaret, surprise et quelque peu désorientée, mais non décontenancée, lui demanda simplement : « Depuis combien de temps suis-je ici ?

– Je n'en ai aucune idée. J'y suis moi-même depuis une demi-heure.

– C'est très aimable à vous de ne pas m'avoir dérangée, dit-elle avec moins de simplicité.

– C'était un très joli portrait, dit Herbert.

– Oh ! il est superbe ! » s'écria la jeune fille, tournant la tête pour le regarder une dernière fois.

Le vieil homme sourit tristement, s'éloigna de quelques pas et puis revint vers elle : « Quelle impression vous fait notre jeune homme, Miss Aldis ? » demanda-t-il, paraissant faire un effort pénible sur lui-même.

« Je trouve qu'il est très beau, dit Margaret franchement.

– Il n'est pas aussi beau dans la réalité.

– Sa mère dit qu'il est encore plus beau.

– Le témoignage d'une mère, en la matière, est sujet à caution. Oui, Paul n'est pas mal, mais ce n'est pas un miracle de la nature.

– Je trouve qu'il a l'air triste. Sa mère dit qu'il est très gai.

– Il a peut-être beaucoup changé en deux ans. » Et le vieil homme ajouta, après un silence : « Est-ce que vous avez l'impression qu'il a l'air d'un homme amoureux ?

– Je ne sais pas, répondit Margaret à voix basse. Je n'ai jamais vu d'homme amoureux.

– Jamais ? » demanda le prêtre, avec une gravité qui surprit la jeune fille.

Elle rougit légèrement : « Jamais, père Herbert. »

Le prêtre la dévisagea de ses yeux sombres avec une expression d'une intensité étrange. « Je souhaite, mon enfant, que vous n'en voyiez jamais aucun », dit-il solennellement.

Cela fut dit d'un ton qui n'avait rien d'hostile, mais il sembla à Margaret que ce souhait avait quelque chose de cruel et de glaçant. « Pourquoi n'en verrais-je pas, moi, et les autres en verraient-elles ? » demanda-t-elle.

Le vieil homme haussa les épaules. « Ah ! c'est une longue histoire », dit-il.

L'été s'écoula. Vinrent l'automne et ses coloris, puis l'automne déclina lentement et finalement expira sous l'étreinte froide de décembre. Mrs. De Grey avait informé son fils qu'elle avait pris Margaret à son service. À cette période de l'année arriva une lettre du jeune homme, dans laquelle il approuvait de bonne grâce cette décision. « Présentez mes compliments à Miss Aldis, écrivait-il, et assurez-la de ma gratitude pour le réconfort qu'elle apporte à ma chère mère – gratitude que j'espère pouvoir avant longtemps exprimer de vive voix. » Paul De Grey ne se doutait pas, en écrivant ces mots aimables, du retentissement infini qu'ils devaient avoir dans le cœur de la pauvre Margaret. Un mois plus tard arriva une lettre, qui fut remise à Mrs. De Grey au petit déjeuner. « Vous aurez reçu ma lettre du 3 décembre, commençait-elle (la lettre en question s'était égarée et n'était pas arrivée), et vous aurez chacun pour votre part formé votre opinion concernant son contenu. » En entendant Mrs. De Grey lire ces mots, le père Herbert regarda Margaret, qui avait pâli. « Je regrette de devoir apporter un démenti. Mais mes fiançailles avec Miss L. sont rompues. La chose était devenue impossible. De même que je n'ai pas essayé de vous en retracer l'histoire ni de vous exposer mes motifs, je n'essaierai pas maintenant de vous donner les raisons de cette rupture. Mais il y a rupture totale, je puis vous l'assurer. Amen. » Et la lettre changeait de sujet, laissant nos amis dans un état de perplexité extrême. Ils attendirent l'arrivée de la lettre manquante, mais en vain : elle n'arriva jamais. Mrs. De Grey avait aussitôt écrit à son fils pour lui demander instamment d'expliquer les événements auxquels il faisait allusion. La lettre suivante, cependant, ne contenait rien de l'information souhaitée. Mrs. De Grey renouvela sa demande. Sur quoi Paul répondit qu'il raconterait son histoire lorsqu'il serait de retour. Il détestait en parler. « Ne vous inquiétez pas, ma chère mère, ajoutait-il ; la Providence m'a préservé d'une rechute possible.

Miss L. est morte, il y a trois semaines, à Naples. » À la lecture de ces mots, Mrs. De Grey posa la lettre sur la table et regarda le père Herbert, qu'elle avait fait appeler pour l'occasion. Le visage du prêtre était devenu d'un blanc livide et il retourna le regard de la vieille dame, les lèvres serrées, les yeux comme pétrifiés. Et puis il lui échappa tout à coup un hurlement inarticulé et, fermant le poing, il assena un coup terrible sur la table. Margaret, interdite, les yeux rivés sur lui, resta figée sur son siège. Il se dressa, la prit dans ses bras et l'étreignit.

« Mon enfant ! mon enfant ! s'écria-t-il d'une voix brisée. Je vous ai toujours portée dans mon cœur. J'ai été sévère et froid et revêche avec vous. C'est que j'avais peur. La foudre est tombée. Pardonnez-moi, ma petite enfant. Ça y est, je suis redevenu moi-même. » Effrayée, elle se dégagea, mais il garda sa main dans la sienne. « Pauvre Paul ! » s'écria-t-il, d'une voix tremblante, avec un soupir.

Mrs. De Grey était restée assise et respirait son flacon de sels, mais ne donnait pas de signes apparents d'agitation. « Pauvre Paul ! » répéta-t-elle, mais sans soupirer – ce qui donna aux mots une tonalité ironique. « Il ne l'aimait plus !

– Ah ! madame, s'écria le prêtre, ne blasphémez pas ! Tombez à genoux et remerciez Dieu de nous avoir épargné à nous cette vision hideuse ! »

Stupéfiée, horrifiée, Margaret parvint à retirer sa main et jeta un regard interrogateur à Mrs. De Grey, qui sourit vaguement, toucha son front de l'index, le tapota, haussa les sourcils et hocha la tête.

Nos amis, qui avaient commencé par compter les mois qui les séparaient du retour de Paul, en vinrent à compter les semaines, puis les jours. Mai arriva. Paul avait quitté l'Angleterre. Mrs. De Grey ouvrit alors la chambre de son fils et la fit préparer pour son retour. Tout était resté exactement dans l'état où il l'avait laissé. Elle invita Margaret à voir la pièce. Margaret se regarda dans le miroir de Paul, s'assit un instant sur son canapé et inspecta ses livres sur les rayons. Il semblait y en avoir une collection prodigieuse ; ils étaient dans plusieurs langues et donnaient de la culture de leur propriétaire une très haute idée. Au-dessus de la cheminée était accroché un petit dessin au crayon, que Margaret se hâta d'examiner – c'était le portrait, assez habile, d'une jeune fille. Le modèle avait dû être d'une grande beauté, dans le genre beauté brune. Le nom de l'artiste était inscrit dans l'angle :

De Grey. Margaret le regarda en silence, le cœur battant.

« Est-ce de Mr. Paul ? finit-elle par demander.

– Cela appartient à Paul, dit Mrs. De Grey. Il l'aimait beaucoup. Il a absolument voulu le mettre là. C'est l'œuvre de son père, avant notre mariage. »

Margaret soupira de soulagement.

« Et qui est la dame ? demanda-t-elle.

– Je ne sais pas vraiment. Une étrangère, je crois, qui avait plu à Mr. De Grey. Il y a quelque chose à son sujet dans l'autre angle. »

De fait, Margaret déchiffra, du côté opposé, en caractères minuscules, le mot « *obiit*, 1786 ».

« Je suppose que vous ne savez pas le latin, ma petite, dit Mrs. De Grey, en voyant Margaret lire l'inscription. Cela signifie qu'il y a trente-quatre grandes années qu'elle est morte.

– La pauvre ! » murmura Margaret. Au moment de quitter la pièce, elle s'attarda sur le seuil et la parcourut du regard ; elle aurait souhaité pouvoir laisser quelque petite marque de sa visite. « Si seulement nous savions quand il arrivera, dit-elle, je mettrais des fleurs sur sa table. Mais elles risqueraient de se faner. »

Mrs. De Grey l'assura qu'il était impossible de le savoir exactement ; le bouquet souhaité ne fut donc pas cueilli, et Margaret passa le reste de la journée dans une délicieuse fièvre d'anticipation, prête à voir surgir un éblouissant jeune homme, dans un équipage étranger extraordinaire et splendide – il la regarderait avec un air de froide surprise et se précipiterait à la recherche de sa mère. Chaque fois qu'elle entendait un bruit de pas ou de porte qui s'ouvrait, elle posait son ouvrage et écoutait avec attention. Le soir, comme instinctivement unis par l'attente, le père Herbert et Mrs. De Grey se retrouvèrent dans le salon de devant – pièce exclusivement réservée aux fêtes qui ne figuraient jamais dans les annales de cette tranquille maisonnée.

« Voici tout juste un an, madame, que je suis entrée dans votre maison », dit Margaret, alors qu'ils étaient tous les trois assis en silence dans l'ombre qui s'épaississait. « La journée d'aujourd'hui marque l'achèvement d'une année qui a été très heureuse.

– Espérons, dit le père Herbert sentencieusement, que demain marquera l'avènement d'une année aussi heureuse.

– Ah ! ma chère protectrice, s'écria-t-elle avec émotion, cher père – mes seuls amis –, quel malheur peut m'arriver quand je suis avec vous ? C'est vous qui m'avez arrachée au malheur. »

Son cœur était gonflé de gratitude et ses yeux se remplirent de larmes. Elle frémit longuement à la pensée de la vie qui aurait pu être la sienne. Mais, répugnant spontanément à imposer des sentiments qui lui étaient propres à des personnes tout entières à la pensée de la joie qui les attendait, elle se leva et sortit se promener dans le jardin. Quelques minutes plus tard, un portillon s'ouvrit dans la palissade, à moins de cinq yards de l'endroit où elle se trouvait. Un homme entra, en qui, dans la pénombre, elle reconnut Paul. S'approchant rapidement d'elle, il semblait s'apprêter à la saluer lorsqu'il s'arrêta brusquement et enleva son chapeau.

« Ah ! vous êtes Miss…, la jeune fille », dit-il.

Il avait oublié son nom. Cela était tout autre chose – et moins prometteur – que la froide surprise du jeune homme de la vision de Margaret. Néanmoins elle lui répondit d'une voix suffisamment ferme : « Ils sont dans le salon, ils vous attendent. »

Il s'élança le long de l'allée et pénétra dans la maison. Elle le suivit lentement jusqu'à la fenêtre et resta dehors, tendant l'oreille. Le silence qui entourait l'accueil fait au jeune homme en disait assez sur sa ferveur.

Paul De Grey avait fait le meilleur usage de son séjour en Europe. Il n'avait perdu aucun de ses anciens mérites et en avait acquis de nouveaux. C'était, par nature et par éducation, un jeune homme intelligent, aimable, doué de tous les talents. Sa bonne fortune faisait qu'un charme particulier et indéfinissable s'attachait à sa personne et à ses manières. Il était, de constitution, grand et svelte, mais également solide, musclé, actif ; son teint était frais et clair, son front proéminent et franc ; ses cheveux auburn étaient crêpelés, ses yeux – son regard, aussitôt accompagné d'un sourire – rayonnants de jeunesse et de vivacité d'esprit. Il s'exprimait de manière nette, virile, directe, et pourtant il semblait à Margaret qu'il y avait dans son maintien une dignité et une élégance – proches parfois du formalisme – qui le distinguaient de celui des autres hommes. Toutefois cela ne signifiait pas qu'elle décelait dans sa personnalité les signes de l'étrange principe de mélancolie qui avait si puissamment pesé sur les autres membres de la maisonnée – et, d'après ce qu'elle croyait savoir, sur son père. Elle pensait au contraire qu'il ne lui avait jamais été donné de voir moins de frivolité alliée à une gaieté plus charmante. Si elle avait eu un tour d'esprit plus analytique, elle se serait dit que Paul De Grey était d'une nature éminemment aristocratique, mais elle se contentait d'aimer sa nature en secret plus que de la comprendre et, lorsqu'elle cherchait une épithète, elle en choisissait une qui était plus simple. Paul ressemblait à un merveilleux rayon de soleil dans la vie terne et grise des deux femmes : il remplissait la maison de lumière, de chaleur et de joie. Il se mouvait, à ce qu'il paraissait à l'imagination de Margaret, comme baigné dans une clarté quasi surnaturelle. Ses paroles, lorsqu'elles sortaient de sa bouche, étaient pour elle des diamants et des perles, et de fait, pendant tout le mois qui suivit son retour, sa conversation fut délicieuse au plus haut degré. La maison de Mrs. De Grey était *par excellence**[1] le séjour du loisir – le château de l'indolence[2] : ni Paul quand il parlait, ni ses compagnons quand ils l'écoutaient, ne ressentaient la pesanteur jalouse des obligations vulgaires. Les jours d'été étaient longs, et inépuisables les réserves quotidiennes de loquacité de Paul. Une semaine après son retour, le père Herbert prit l'habitude de l'emmener

1. Les mots en italique signalés par un astérisque sont en français dans le texte anglais. *(N.d.T.)*
2. Allusion au poème *The Castle of Indolence* (1748), de James Thomson (1700-1748). *(N.d.T.)*

après le petit déjeuner dans son cabinet de travail et, lorsque Margaret passait devant la porte entrouverte, elle entendait la musique variée de sa voix. Elle enviait alors le vieil homme d'avoir seul le bénéfice de tant d'éloquence. Elle avait le sentiment que, lorsque Paul était avec son précepteur, ses propos étaient beaucoup plus profonds et plus riches d'enseignement que cela n'était possible quand il s'adressait à deux femmes ingénues, et elle éprouvait un pieux désir de l'entendre et de le voir lorsqu'il donnait le meilleur de lui-même. Quant au père Herbert, il en était ébloui, car Paul avait dépassé ses plus fervents espoirs. Il avait accumulé un savoir considérable ; il avait fait sien tout le bien dont le vieil homme lui avait recommandé de se pénétrer et, quoiqu'il n'eût pas tout à fait évité de côtoyer le mal contre lequel le prêtre l'avait mis en garde, il portait dessus un jugement si sage et si spirituel ! Lorsqu'un homme n'est pas d'une innocence totale, les femmes et les prêtres, en règle générale, ne l'en aiment pas moins. Le père Herbert se réjouissait indiciblement de l'heureuse manière dont le caractère de Paul avait évolué. Paul était plus pour lui que s'il avait été le fils de ses entrailles : c'était l'enfant de son intelligence, de sa patience et de son dévouement.

Le jeune homme était libre de consacrer les

après-midi et les soirées à sa mère, qui, une fois sortie de sa chambre, ne pouvait se passer une heure de Margaret. La délicatesse et l'affection de la jeune fille lui avaient rendu sa compagnie absolument indispensable. Pendant que Paul parlait, Margaret, assise à côté, s'occupait à quelque ouvrage et s'émerveillait de son fonds jamais tari de potins, d'anecdotes et de fortes et vivantes descriptions. Il offrait à ses sens enchantés un brillant foisonnement de cités, d'églises, de musées, de théâtres, dépeignait les gens qu'il avait rencontrés et les paysages à travers lesquels il avait voyagé, de sorte que la jeune fille finissait par être prise de vertige devant la rapide succession d'images et de tableaux. Parfois, il semblait se fatiguer et il s'enfonçait dans le silence ; elle l'observait du coin de l'œil, sans interrompre son ouvrage, et voyait qu'il regardait fixement dans le vide, avec un léger sourire ou bien une expression froide et grave, et elle se demandait quel souvenir lointain avait rappelé ses pensées vers ce monde européen inconnu. Parfois, moins fréquemment, lorsqu'elle levait les yeux, elle le surprenait à l'observer elle-même – sa tête penchée et le mouvement diligent de ses mains. Mais (jusqu'à présent du moins) il ne détournait pas les yeux avec embarras : il continuait de la regarder et justifiait cette attention par quelque remarque simple et naturelle.

Les semaines s'écoulèrent et l'été atteignit sa plénitude. Mrs. De Grey prit l'habitude de se retirer, après le déjeuner, dans sa chambre, où nous pouvons respectueusement supposer qu'elle passait l'après-midi, en négligé, à dormir. Mais De Grey et Miss Aldis étaient tacitement convenus que c'était, dans la fleur et le printemps de la vie, une absurde sottise que de gaspiller de la sorte les heures les plus longues et les plus lumineuses de l'année ; aussi prirent-ils pour leur part l'habitude de rester dans le salon, rideaux tirés, et d'y passer le temps à bavarder jusqu'à moins d'une heure du dîner. Quelquefois, pour changer, ils se rendaient, au centre du jardin, dans une sorte de pavillon qui tournait le dos à la maison et donnait au nord, et dont les côtés étaient recouverts d'une masse épaisse de plantes grimpantes. À l'intérieur, il y avait, contre le mur, un banc de jardin profond et, au milieu, une table sur laquelle Margaret posait son nécessaire à ouvrage et le jeune homme le livre qu'il emportait d'ordinaire avec lui, comme s'il avait eu l'intention de le lire. À l'intérieur régnaient la fraîcheur et une ombre profonde et le silence, à l'extérieur, l'éclat aveuglant du ciel immense de l'été. Quand je dis que le silence régnait, j'entends que rien ne venait interrompre la conversation de ces deux heureux oisifs. Leur dialogue eut tôt fait de prendre ce tour décousu et enjoué qui est la marque d'une grande intimité. Margaret en profitait pour poser à Paul de très nombreuses questions, qu'elle ne s'était pas sentie libre de poser en présence de sa mère, et pour demander des précisions supplémentaires sur toute une série de détails que Mrs. De Grey s'était contentée de laisser dans l'obscurité. Il parlait volontiers. Si Miss Aldis aimait l'écouter, il était assurément heureux de causer, mais la pensée lui vint brusquement que la disposition d'esprit de la jeune fille constituait une singulière incitation à l'égotisme et qu'il n'avait effectivement rien fait d'autre pendant six semaines que de parler de lui-même – de ses aventures, de ses sensations et de ses opinions.

« Franchement, Miss Aldis, s'écria-t-il, vous me rendez monstrueusement égoïste. Voilà à quoi servent les femmes ! Je ne dirai pas un mot de plus sur Paul De Grey. Maintenant, c'est à votre tour.

– De parler de Mr. Paul De Grey ? dit Margaret avec un sourire.

– Non, de Miss Margaret Aldis – ce qui est, par parenthèse, un très joli nom.

– Par parenthèse ! dit Margaret. Peut-être par parenthèse pour vous, mais pour moi, mon joli nom est tout le bien que je possède.

– Si vous voulez dire, Miss Aldis, s'écria Paul, que toute votre beauté tient dans votre nom...

– Je me trompe grandement ! Alors, ce n'est pas ce que je veux dire. Le reste de ma beauté n'existe que dans mon imagination.

– Je n'en doute pas, mais il n'existe certainement pas que dans la mienne. »

Margaret était, de fait, devenue extrêmement jolie – un peu pâlie par la chaleur, mais fortifiée par le repos et le bien-être, qui lui avaient fait perdre sa maigreur, et animée – si je puis dire, quasi inspirée – par une tendre gratitude. De Grey la regardait pendant qu'elle parlait, et il fut fortement frappé par ce que son visage avait d'attachant : oui, sans conteste, sa beauté était intensément réelle, et l'attrait de son visage était constamment rehaussé et vivifié par la profonde beauté de son âme.

« Miss Aldis, dit le jeune homme, je veux dire littéralement que je souhaite vous entendre parler de vous-même. Je veux entendre le récit de vos aventures à vous. Je le demande instamment – j'en ai besoin.

– Mes aventures ! dit Margaret, mais je n'en ai eu aucune.

– Eh bien ! s'écria Paul, cela constitue en soi une aventure. »

C'est ainsi que Margaret fut amenée à raconter à son compagnon la courte histoire de sa jeune vie. Cette histoire ne fut cependant pas toute racontée, malgré sa brièveté, en un seul après-midi : une semaine entière plus tard, la jeune fille en était encore à éclaircir quelque anecdote sur laquelle Paul avait formé une impression erronée.

« Non, il est marié, comme je vous l'ai déjà dit.

– Ah ! il est marié ?

– Oui, et sa femme est grosse comme un tonneau.

– Ah ! sa femme est grosse comme un tonneau ?

– Oui, et il ne jure que par elle.

– Ah ! il ne jure que par elle ? »

Il était naturel qu'à ce compte, commenté de manière aussi suivie par Paul, le récit eût avancé lentement. Mais outre des remarques de cette sorte, le jeune homme faisait pour lui-même un autre commentaire, moins perceptible par l'oreille et moins superficiel. Écoutant cette jeune fille franche et blonde, et se disant que, dans ce vaste monde, elle pourrait se tourner en confiance et en sympathie vers d'autres esprits que le sien – s'apercevant qu'elle soumettait à son jugement les pensées et les opinions sincères qu'elle exprimait, ainsi qu'elle aurait pu lui poser sa main blanche sur le bras –, il lui semblait que les intentions pures dont elle croyait qu'il avait l'âme habitée prenaient à son contact radieux un tour plus grave et plus noble. Les souvenirs nostalgiques de son récent séjour en Europe perdaient toutes leurs couleurs somptueuses, et il n'avait conscience que de la présence de Margaret et de la clarté tendre et rose dans laquelle elle se tenait assise ou se mouvait, comme dans une manière d'auréole terrestre. Était-il possible – se demandait-il – que pendant tout le temps où il parcourait l'Europe, vaguement et fébrilement en quête de son avenir, de sa destination, de son but, tout cela l'attendît patiemment dans son propre foyer, qu'il avait délaissé, et fût tout entier contenu dans la personne immaculée de la plus charmante et de la plus belle des femmes ? Un jour, finalement, cette idée s'empara si fort de lui que les mots lui échappèrent dans un paroxysme de certitude et de joie.

« Margaret, dit-il, ma mère vous a trouvée à l'église et là, devant l'autel, elle vous a embrassée et vous a prise dans ses bras. J'ai souvent pensé à ces circonstances. Elles font que votre adoption n'est pas une adoption ordinaire.

– J'y ai souvent pensé moi aussi.

– Elles rendent cette adoption sacrée et éternelle, dit Paul. Ce jour béni entre tous, vous êtes venue parmi nous à tout jamais. »

Margaret le regarda, le visage frémissant, entre sourire et larmes.

« Je suis venue pour aussi longtemps que vous voudrez bien me garder, dit-elle. Ah ! Paul ! » Car, en l'espace d'un instant, le jeune homme avait exprimé toute l'ardeur de son désir et de sa passion.

Paul avait pour sa mère la plus grande affection et la plus grande estime, mais il avait toujours trouvé naturel de s'adresser d'abord au père Herbert lorsqu'il s'agissait de demander conseil et de faire des confidences. Le vieil homme avait un tact intellectuel dont la délicatesse rendait sa sympathie et ses avis également agréables. Quelques jours après la conversation dont mon récit a effleuré quelques-uns des moments saillants, Paul et Margaret renouvelèrent dans le pavillon leur engagement mutuel. Ils en étaient venus à éprouver cette profonde assurance de l'authenticité de leurs propres sentiments et ce plaisir confiant que donne la répétition de promesses réciproques, dont la suite inévitable était de mettre leurs aînés dans leur confidence. Ils traversèrent ensemble le jardin, mais Margaret s'aperçut en arrivant à la maison qu'elle avait oublié ses ciseaux et Paul rebroussa chemin pour aller les chercher. La jeune fille entra et s'arrêta au pied de l'escalier, où elle attendit son amoureux. À cet instant le père Herbert apparut dans l'embrasure de la porte de son cabinet et la regarda avec un sourire mélancolique. Il restait là, frottant lentement une main contre l'autre et l'observant d'un air bienveillant et ténébreux à la fois.

« Je crois, demoiselle Margaret, dit-il, que vous cachez votre merveilleux secret à votre pauvre vieux docteur Herbert. »

En présence de ce doux et vénérable savant, Margaret ne ressentit pas le besoin commun de rougir, de minauder et de nier. « Cher père Herbert, je viens tout juste de supplier Paul de vous le dire, dit-elle avec une céleste simplicité.

– Ah ! ma fille, et le vieil homme ne put qu'à demi réprimer un soupir, tout cela est un étrange et terrible mystère. »

Paul entra et traversa le vestibule du pas léger d'un amoureux.

« Paul, dit Margaret, le père Herbert sait.

– Le père Herbert sait ! répéta le prêtre, le père Herbert sait tout. Vous êtes bien innocents pour des amoureux.

– Vous êtes bien perspicace, mon père, pour un prêtre, dit Paul en rougissant.

– Il y a une semaine que je sais, dit gravement le vieil homme.

– Eh bien ! mon père, dit Paul, pour tant nous aimer l'un l'autre, nous ne vous en aimons pas moins, et j'espère que vous non plus ne nous en aimerez pas moins.

– Le père Herbert pense que c'est "terrible", dit Margaret en souriant.

– Ô Seigneur ! » s'écria Herbert, portant la main à la tête comme sous l'effet de la douleur. Il fit demi-tour et rentra dans son cabinet.

Paul passa la main de Margaret sous son bras et suivit le prêtre. « Vous souffrez, mon père, dit-il, à la pensée de nous perdre – que nous vous quittions. Mais il ne faut pas que cela vous inquiète. Où pourrions-nous aller ? Tant que vous vivrez et tant que ma mère vivra, nous ne ferons tous qu'une seule maisonnée. »

Le vieil homme semblait avoir retrouvé son calme. « Ah ! dit-il, soyez heureux, où que ce soit, et je serai heureux moi aussi. Vous êtes si jeunes !

– Je ne suis pas si jeune que cela ! » dit en riant Paul, peu désireux, évidemment, de paraître trop petit garçon, « j'ai vingt-six ans. *J'ai vécu**.

– Paul a tout connu, dit Margaret, en s'appuyant sur son bras.

– Pas tout à fait. »

Il baissa la tête avec un sourire sérieux, elle avait la sienne levée et leurs regards se croisèrent.

« Oh ! il est modeste, murmura le père Herbert.

– Il a déjà presque été marié », dit Margaret.

Paul eut un mouvement d'impatience. Herbert avait les yeux fixés sur lui.

« Pourquoi parlez-vous de cette pauvre jeune fille ? » dit Paul.

Quelques apaisements qu'il eût donnés à Margaret sur son projet de mariage en Europe, il avait depuis son retour refusé, sous le prétexte que le sujet lui était extrêmement pénible, de l'aborder avec sa mère aussi bien qu'avec son vieux précepteur.

« Miss Aldis est peut-être jalouse, insinua Herbert.

– Oh ! père Herbert ! s'écria Margaret.

– Il n'y a pas matière à jalousie, dit Paul.

– Que voilà un bon jeune homme ! s'écria Herbert. On croirait à l'entendre qu'il ne l'a jamais aimée.

– Cela est tout à fait vrai.

– Oh ! ne dis pas cela, dit Herbert, d'un ton de grave reproche, en posant la main sur le bras du jeune homme.

– Si, mon père, je le dirai. Je ne lui ai jamais rien dit d'autre. Elle m'a ensorcelé, elle m'a pris au piège, mais – le Ciel en soit témoin – je ne l'ai jamais aimée !

– Oh, que Dieu vous vienne en aide ! » s'écria le prêtre. Il s'assit et enfouit sa tête dans ses mains.

Margaret devint pâle comme une morte, et elle revit la scène qui s'était déroulée lorsque était arrivée la lettre dans laquelle Paul annonçait la rupture de ses fiançailles. « Père Herbert, s'écria-t-elle, quel secret horrible, épouvantable, enfermez-vous dans votre cœur ? S'il me concerne – s'il concerne Paul –, je vous adjure de nous le dire. »

Sans doute le ton déchirant de la jeune fille rappela-t-il le père Herbert à la nécessité de se ressaisir, car il découvrit son visage et lui jeta un rapide regard d'imploration. Elle comprit que ce regard signifiait qu'elle devait à tout prix se taire. Ensuite, faisant un sublime effort de dissimulation, il tendit les mains et en mit une sur l'épaule de chacun de ses compagnons. « Excuse-moi, Paul, dit-il, je suis un vieux sot. Les vieux savants sont sentimentaux et superstitieux. Nous croyons que toutes les femmes sont des anges et que tous les hommes…

– Que tous les hommes sont des sots, dit Paul en souriant.

– Exactement. Alors que c'est nous, comme tu le vois, murmura le père Herbert, qui sommes les seuls sots. »

Margaret écouta, le cœur battant, cet échange extravagant, absolument décidée à ne pas se contenter quant à elle de l'explication dérisoire que le vieil homme donnait de ses sous-entendus tragiques. De son côté, Herbert pressa instamment Paul de remettre de quelques jours l'annonce de ses fiançailles à sa mère.

Le surlendemain était un dimanche, le dernier d'août. Il faisait, depuis une semaine, une chaleur étouffante et l'atmosphère était devenue lourde et menaçante, comme à l'approche d'un orage. Margaret, en se levant de table après le petit déjeuner, sentit que le père Herbert lui touchait le bras.

« N'allez pas à l'église, dit-il à voix basse. Trouvez un prétexte et restez à la maison.

– Un prétexte ?

– Dites que vous avez des lettres à écrire.

– Des lettres ? et Margaret eut un sourire un peu teinté d'amertume. À qui enverrais-je des lettres ?

– Alors dites que vous ne vous sentez pas bien. Je vous donne l'absolution. Venez me voir quand tout le monde sera sorti. »

En conséquence, à l'heure de la messe, Margaret feignit une légère indisposition et Mrs. De Grey, au bras de son fils, monta dans son antique et confortable voiture et prit le chemin de l'église. Margaret se rendit aussitôt dans le cabinet du père Herbert. Le visage du vieil homme présageait une terrible révélation. Tout son corps ployait sous le poids d'une fatalité inexorable.

« Ma fille, dit le prêtre, vous êtes courageuse, vous êtes pieuse…

– Ah ! s'écria Margaret, il s'agit de quelque chose d'horrible, sinon vous ne commenceriez pas ainsi. Dites-le-moi tout de suite !

– Vous aurez besoin de tout votre courage.

– Il ne m'aime pas ? Parlez, au nom du Ciel !

– S'il n'éprouvait pas pour vous une passion funeste, je n'aurais pas à vous parler.

– Alors peu importe ce que vous avez à me dire ! dit Margaret.

– Eh bien ! il faut que vous partiez !

– Pourquoi ? quand ? pour aller où ?

– Tout de suite, si c'est possible. Pour aller je ne sais pas où – le plus loin sera le mieux – le plus loin de *lui*. Écoutez, mon enfant, dit le vieil homme, dont la stupeur et le désarroi de Margaret faisaient saigner le cœur, il est inutile de protester, de pleurer, de résister. C'est le destin qui commande !

– De grâce, mon père, dit Margaret, de quoi m'accusez-vous ?

– Je n'accuse personne. Je n'accuse même pas le Ciel.

– Mais il y a bien une raison – un motif… »

Herbert mit les doigts sur les lèvres, montra un siège, puis se tourna vers un antique coffret posé sur la table. Il fit tourner la clef et en sortit un petit livre relié de vélin, apparemment un missel enluminé. « Je vois, dit-il, qu'il faut que je commence au commencement. »

Il s'assit devant la jeune fille raidie par l'attente. Les nuées d'orage amoncelées obscurcissaient la pièce et on entendait le grondement lointain du tonnerre.

« Laissez-moi vous lire une dizaine de mots », dit le prêtre, ouvrant à une page de garde, sur laquelle était porté un mémorandum ou registre, en diverses écritures, toutes minuscules et certaines à peine lisibles. « Que Dieu soit avec vous ! » et le vieil homme se signa. Involontairement, Margaret fit de même. « George De Grey, lut-il, a rencontré et aimé, en septembre 1786, Antonietta Gambini, de Milan. Morte le 9 octobre la même année… John De Grey a épousé, le 4 avril 1749, Henrietta Spencer. Morte le 7 mai… George De Grey s'est fiancé en octobre 1710 avec Mary Fortescue. Morte le 31 octobre… Paul De Grey, âgé de dix-neuf ans, fiancé en juin 1672 à Bristol, Angleterre, avec Lucretia Lefevre, âgée de trente et un ans, du même lieu. Morte le 27 juillet… John De Grey promis le 10 janvier 1649 à Blanche Ferrars, du château Ferrars, Cumberland. Morte, de la main de John, le 12 janvier… Stephen De Grey a offert sa main à Isabel Stirling en octobre 1619. Morte dans le mois… Paul De Grey et Magdalen Scrope ont échangé leurs vœux en août 1586. Morte en couches, septembre 1587. » Le père Herbert s'arrêta. « Est-ce que cela suffit ? dit-il en levant des yeux qui flamboyaient. Il y en a encore deux pages. Les De Grey sont de vieille souche ; ils tiennent leurs annales. »

Margaret avait écouté avec une expression croissante d'horreur farouche, passionnée – de colère et de fierté blessée plus que de terreur. Elle se précipita vers le prêtre avec la vivacité d'un jeune chat, lui arracha l'horrible document et le jeta violemment par terre.

« Quelles abominables sornettes ! s'écria-t-elle. Qu'est-ce qu'elles veulent dire ? J'ai à peine écouté tout cela. Je le méprise. Cela me fait rire. »

Le vieil homme lui étreignit le bras et dit d'une voix solennelle : « Paul De Grey et Margaret Aldis ont échangé leurs vœux en août 1821. Elle est morte... à la chute des premières feuilles. »

La pauvre Margaret jetait tout autour d'elle des regards éperdus, cherchant une aide, un encouragement, un réconfort de quelque sorte. Le bureau ne contenait que des rangées serrées de vieux livres reliés de parchemin, dont chacun semblait être le double sinistre de celui qui était à ses pieds. Un immense coup de tonnerre retentit dans la paix de midi. Tout d'un coup ses forces l'abandonnèrent ; elle sentit sa faiblesse et sa solitude, l'étreinte du destin. Le père Herbert tendit les bras, elle se jeta à son cou et éclata en sanglots.

« Est-ce que vous refusez encore de le quitter ? demanda le prêtre. Si vous le quittez, vous serez sauvée.

– Sauvée ? s'écria Margaret, levant la tête. Et Paul ?

– Il vous oubliera. Voilà ! »

La jeune fille médita un instant. « Pour faire qu'il m'oublie, dit-elle, il faudrait qu'il me croie morte. » Puis, se tordant les mains dans un nouvel accès de douleur, elle cria : « Mais il n'y a vraiment eu aucune exception ?

– Aucune, mon enfant, et il ramassa le livre. Vous voyez, c'est leur premier amour, leur première passion. Après, ils sont inoffensifs. Pensez à Mrs. De Grey. La lignée est maudite. C'est un mystère terrible, impénétrable. Je m'étais imaginé que vous n'étiez pas menacée, ma fille, et que c'était la pauvre Miss L. qui avait été la victime. Mais Paul ne m'a laissé absolument aucun doute. J'ai scruté sa vie, j'ai sondé son âme : son cœur est vierge. Ah ! mon enfant ! C'est ce que je redoute depuis le début. J'ai tremblé quand vous êtes entrée ici. Je voulais que Mrs. De Grey vous renvoie. Mais elle rit de mes craintes – elle dit que ce sont des contes de bonne femme. Elle était protégée, elle – son mari n'avait pas plus de sentiment pour elle que pour une bûche. Mais il y a une petite Italienne aux yeux noirs, enterrée dans la terre de son pays, qui pourrait lui raconter une tout autre histoire. Elle a dépéri, mon enfant. Elle était la vie même – un rayon incarné de son soleil du Sud. Elle est morte des baisers de De Grey. Ne me demandez pas comment cela a commencé, cela a toujours été comme cela. Cela remonte à la nuit des temps. On rapporte qu'un de leurs ancêtres est revenu d'Orient, des croisades, contaminé par les germes de la peste. Il avait avant son départ promis le mariage à une jeune fille et il était convenu que leur union suivrait immédiatement son retour. Se sentant souffrant, il consulta un frère aîné de sa fiancée. Cet homme était maître des arcanes de la science médicale et passait pour être doué de pouvoirs magiques. Il assura le jeune chevalier qu'il était atteint de la peste et que le devoir lui commandait de remettre son mariage à plus tard. Celui-ci refusa et le médecin, furieux, jeta une malédiction sur sa descendance. Le mariage eut lieu. La mariée expira dans la semaine qui suivit, au milieu d'horribles souffrances. Le jeune homme, après avoir été légèrement malade, recouvra la santé. Depuis, la malédiction est à l'œuvre. »

Margaret prit dans ses mains le curieux vieux missel et y chercha le registre macabre.

Son cœur se glaçait à la pensée qu'elle était la triste sœur de toutes ces malheureuses femmes du passé. Malheureuses – mais hélas ! cent fois plus malheureux les hommes, victimes impuissantes du maléfice qu'ils portaient dans leurs propres cœurs ! Elle ne parlait pas, les yeux fixés sur le livre, retirée en elle-même ; comme machinalement, elle ouvrit une autre page et y lut une prière familière à la Sainte Vierge. Alors, levant la tête, ses yeux d'un bleu profond brillant de l'éclat froid d'une immense détermination – d'un acte de volonté prodigieux : « Père Herbert, dit-elle, d'une voix basse, solennelle, je révoque la malédiction. Je la défais. *Je la maudis.* »

Rien ne put dès lors la convaincre de songer un seul instant au salut par la fuite. Il était trop tard, assurait-elle. Si elle était destinée à mourir, elle était déjà atteinte par la fatale contagion. Mais on verrait. Elle ne doutait pas de l'existence ni de la puissance du terrible sortilège, mais elle tenait simplement pour évident, avec une profonde assurance qui remplissait le vieux prêtre d'un mélange d'émerveillement et d'angoisse, que sa force occulte se briserait à tout jamais sur sa propre vie d'adoration passionnée. Le père Herbert joignait avec résignation ses mains tremblantes. Il avait fait son devoir : c'était à Dieu de faire le reste. Il lui arrivait de penser – lui qui avait vécu pendant des années dans la crainte de ce qui venait d'arriver, dont toute l'existence en avait été assombrie – qu'il entrait peut-être dans les étranges possibilités de la nature que la frêle et pure enfant eût effectivement surgi, sur l'ordre de l'amour outragé, pour sauver cette malheureuse lignée à laquelle il avait consacré tout son âge mûr. Puis, à d'autres moments, il lui semblait qu'elle se jetait joyeusement dans le gouffre noir. De toute façon, le sentiment du danger donnait à Margaret elle-même un surcroît de charme et d'énergie. S'il n'avait pas été trop envoûté par la gaieté et la grâce fiévreuses de la jeune fille pour s'interroger sur leurs motifs et sur leur origine, Paul aurait difficilement pu s'expliquer leur soudaine et morbide intensité. Comme Margaret le lui demanda, il annonça aussitôt ses fiançailles à sa mère, qui fit très bonne contenance et honora la jeune fille d'une sorte de baiser officiel. « Mon Dieu, murmura le père Herbert, et maintenant elle croit qu'elle les a liés indissolublement l'un à l'autre. » Plus tard, le lendemain, lorsque Mrs. De Grey lui en parla et reconnut qu'en fait il lui en coûtait un peu d'accepter comme sa propre fille une personne à laquelle elle avait versé un salaire – « Un salaire, madame ! s'écria le prêtre avec un rire amer, je pense que c'était la moindre des choses que vous pouviez faire pour elle.

– *Nous verrons** », dit Mrs. De Grey, tranquillement.

Une semaine se passa, sans signes de mauvais augure. Paul était dans une extase de bonheur viril. Il était parfois presque troublé par la profusion avec laquelle son amour et sa confiance lui étaient rendus. Margaret était transfigurée, magnifiée, par la passion qui brûlait dans son cœur. « Si l'on donne un amoureux à une jeune fille sans beauté, à une jeune fille ordinaire, se disait-il, elle devient jolie, charmante. Si l'on donne un amoureux à une jeune fille charmante… » et quand Margaret était là, la manière éloquente dont il la regardait concluait la phrase ; quand elle n'y était pas, il partait fébrilement à sa recherche. Les dix derniers jours semblaient avoir donné à la beauté de Margaret une chaleur, une somptuosité, qu'elle n'avait jamais connues. Il allait jusqu'à s'imaginer que sa voix était devenue plus profonde et plus moelleuse. Elle paraissait plus âgée, comme si elle avait en l'espace d'un instant franchi une année entière de son évolution et atteint la parfaite maturité de sa jeunesse. On aurait pu croire qu'elle était, non dans le temps qui précède immédiatement le mariage, mais dans celui qui le suit tout juste. De son côté, Paul prenait conscience d'il ne savait trop quel subtil changement dans ses propres émotions. Le délicat sentiment de pitié qu'elle lui inspirait, l'impression d'une touchante faiblesse, d'une délicieuse dépendance, dont les tendres accords avaient enflé le concert de son affection, s'étaient dissipés et avaient cédé la place à une vague et profonde réaction de respect. Après tout, Margaret n'était pas aussi simple : sa nature aussi recelait des mystères. En vérité, pensait-il, la tendresse, la douceur, portent leur récompense en elles. Il s'était penché pour cueillir une fleur pâle qui avait poussé dans un intérieur privé de soleil ; il avait plongé la mince tige dans l'eau vivante de son amour et voilà que sa tête s'était redressée, que ses pétales s'étaient ouverts, qu'elle s'était illuminée d'un pourpre et d'un vert splendides. Ce puissant rayonnement de beauté l'emplissait d'un tremblement qui était presque un pressentiment. Il désirait ardemment la posséder ; il l'observait avec des yeux pleins de convoitise ; il voulait pouvoir dire qu'elle était entièrement sienne.

« Margaret, lui dit-il, vous me comblez d'un

terrible bonheur. Vous êtes plus belle avec chaque jour qui passe. Il faut nous marier tout de suite ou, du train où vont les choses, lorsque le jour de notre mariage sera venu, vous m'inspirerez une peur mortelle. Par l'âme de mon père, je ne m'attendais à rien de tel ! Regardez-vous dans le miroir ! » Et il la fit se retourner vers une psyché qui se trouvait dans le dressing-room de sa mère – Mrs. De Grey était allée dans la chambre contiguë.

Margaret se vit reflétée des pieds à la tête dans les profondeurs cristallines et s'aperçut qu'elle avait changé. Sa tête se dressait avec une sorte de sérénité altière au-dessus de la courbe majestueuse de ses épaules, ses yeux étincelaient, ses lèvres frémissaient, sa poitrine palpitait avec toute l'insolence de sa profonde adoration. Elle égrena silencieusement les noms : « Blanche Ferrars, du château Ferrars, Isabel Stirling, Magdalen Scrope – malheureuses sottes. Vous n'étiez pas des femmes, vous étiez des enfants. » Et elle s'écria tout haut : « Paul, c'est votre faute si je ne ressemble pas à ce que je devrais être. Pourquoi y a-t-il un tel amour entre nous ? » Et puis, voyant le visage du jeune homme à côté du sien, elle s'imagina qu'il était pâle. « Mon Paul, dit-elle en lui prenant les mains, vous êtes pâle. Quel visage vous faites pour un soupirant heureux ! Vous êtes impatient. Las ! messire, cela se fera quand il vous plaira. »

Il fut arrêté que le mariage aurait lieu à la fin de septembre et les deux femmes se préoccupèrent aussitôt d'acheter les vêtements de noce. Margaret avait économisé sur son salaire une somme suffisante pour s'offrir une belle robe de mariée, mais elle dut s'en remettre, pour les autres articles, à la largesse de Mrs. De Grey. En vérité, elle ne se fit pas scrupule de dépenser de grosses sommes et, lorsqu'elles étaient épuisées, de redemander de l'argent. Elle prenait un plaisir actif, violent, à se procurer de grandes quantités des plus somptueuses étoffes. Il lui semblait s'être momentanément affranchie de toutes les formes de vaine fierté, de réserve et de componction conventionnelles, comme si elle avait jeté sa conscience et laissait aux femmes ordinaires, heureuses et protégées, le soin de la ramasser. Elle accumulait toutes ses parures de mariée par une sorte de défi farouche au danger qui la menaçait. Elle se sentait provoquée à le gagner de vitesse, le déjouer, le décontenancer.

Un jour elle traversait le vestibule en portant une pièce d'étoffe qui venait d'être livrée. C'était une coupe de satin d'un rose vif et il se trouva qu'une extrémité tomba de son bras jusqu'à ses pieds. La porte du père Herbert était entrouverte ; elle s'arrêta, et puis entra.

« Excusez-moi, mon révérend, dit Margaret, mais j'ai pensé qu'il était dommage de ne pas vous montrer ce joli morceau de satin. Est-ce qu'il n'est pas d'un beau rose ? Il est presque rouge – incarnat. C'est la couleur de notre amour – de ma mort. Père Herbert, s'écria-t-elle avec un rire aigu, sonore, *c'est mon linceul !* Est-ce que vous ne trouvez pas que cela ferait un beau linceul ? en satin rose, avec de la dentelle fine et des perles ? »

Le vieil homme l'observait, le visage défait. « Ma fille, dit-il, Paul aura une épouse incomparable.

– Sans le moindre doute, si vous me comparez avec les dames de votre missel. Ah ! en tout cas Paul aura une épouse. Sûrement.

– Eh bien ! vous êtes plus brave que moi. Vous me faites peur.

– Cher père Herbert, est-ce qu'il ne vous est pas aussi arrivé de me faire peur ? »

Il la regarda avec un mélange de tendresse et d'effroi. « Dites-moi, mon enfant, est-ce que vous priez parfois ?

– Dieu m'en préserve ! s'écria la malheureuse, je n'ai pas le cœur à prier. »

Elle eut avec Paul de longues conversations sur les plaisirs qu'ils se promettaient et la vie heureuse qu'ils mèneraient. Il assura qu'il changerait les habitudes de la maisonnée, qui devrait sortir de son ensevelissement coutumier dans le silence et la pénombre. C'était un état de choses absurde, dont il s'étonnait qu'il se fût jamais établi. Ils devraient se mettre à vivre comme tout le monde et occuper la place qui leur revenait dans la société. Ils devraient recevoir, voyager, aller au théâtre le soir. Margaret n'était jamais allée au théâtre : après leur mariage, si elle en avait envie, elle irait chaque semaine pendant toute une année. « Ne craignez rien, ma chérie, s'écria Paul, je n'ai pas l'intention de vous enterrer vivante. Je ne suis pas en train de creuser votre tombe. Si je croyais que vous vous contenteriez de vivre comme le fait ma pauvre mère, on ferait aussi bien de célébrer l'office des morts pour notre mariage. »

Quand Paul parlait avec cette énergie allègre, jetant un regard résolu, confiant, sur les longues perspectives d'un avenir heureux, ses paroles inspiraient courage et joie à Margaret, et aussi le mépris de tout danger. Le secret du père Herbert devenait alors pour elle une chimère, un fantasme, un rêve, jusqu'à ce qu'elle se retrouvât face à face avec le vieil homme et qu'elle lût sur ses traits défaits que pour lui du moins il s'agissait d'une intense réalité. En dépit de cette alternance fiévreuse entre l'espoir et la peur, entre l'exaltation et le découragement, elle n'avait pourtant jamais cessé de surveiller soigneusement ses sensations physiques, à l'affût de symptômes morbides. Elle s'étonnait que sa connaissance de la sinistre menace ne l'eût pas depuis longtemps précipitée dans la folie ou écrasée au point de complètement l'hébéter. Elle s'imaginait qu'aussi triste qu'il eût été d'être restée dans l'ignorance du mystère auquel sa vie avait été mêlée, il était plus terrible encore d'en être avertie. Pendant la semaine qui avait suivi son tête-à-tête avec le père Herbert, elle n'avait pas dormi plus d'une demi-heure sur les vingt-quatre de la journée ; cependant, loin de souffrir du manque de sommeil, elle se sentait – ainsi que j'ai tenté de le montrer – enivrée, électrifiée, par la vigilance et la concentration ininterrompues de sa volonté. Mais elle savait parfaitement que cela ne pouvait pas continuer indéfiniment. Un après-midi, deux jours après avoir fait ces brillantes promesses, Paul sortit à cheval. Du portail, Margaret le regarda à regret s'éloigner au galop ; il se retourna et lui envoya un baiser. Une heure avant le dîner, elle sortit de sa chambre et alla dans le petit salon, où Mrs. De Grey s'était installée pour la soirée. Un instant plus tard, le père Herbert, qui était en train d'allumer la lampe de son bureau, entendit un cri perçant traverser toute la maison.

Son cœur s'arrêta de battre. « L'heure est venue, dit-il, ce serait pitié de se dérober. » Il courut vers le salon, en même temps que les domestiques, que le cri avait également alarmés. Margaret était étendue sur le canapé, pâle, immobile, haletante, les yeux fermés, se tenant le côté d'une main. Herbert échangea un rapide regard avec Mrs. De Grey, qui était penchée sur la jeune fille et lui avait pris l'autre main.

« Évitons au moins le scandale », dit-elle dignement, et elle renvoya aussitôt les domestiques. Margaret revint graduellement à elle et déclara que ce n'était rien – une douleur subite – elle se sentait mieux – et elle supplia ses compagnons de ne pas en faire un drame. Mrs. De Grey alla dans sa chambre chercher son flacon de sels, laissant Herbert seul avec elle. Il était agenouillé sur le plancher et lui tenait la main. Elle se souleva et s'assit.

« Je sais ce que vous allez dire, s'écria-t-elle, mais c'est faux. Où est Paul ?

– Est-ce que vous avez l'intention de tout lui dire ? demanda Herbert.

– Tout lui dire ? et Margaret se remit brusquement debout. Si je mourais, je lui déchirerais le cœur ; si je lui disais tout, je le lui briserais. »

Je viens de dire qu'elle s'était brusquement remise debout : c'est qu'elle avait entendu et reconnu le pas rapide de son amoureux dans le couloir. Paul ouvrit la porte et entra à la hâte, essoufflé et pâle comme un mort. Margaret s'avança vers lui, se tenant encore le côté, cependant que le père Herbert se relevait machinalement. « Qu'est-il arrivé ? s'écria le jeune homme, vous vous êtes trouvée mal !

– Qui vous dit qu'il est arrivé quelque chose ? dit Margaret.

– Qu'est ce que faisait le père à genoux ?

– J'étais en train de prier, monsieur, dit Herbert.

– Margaret, répéta Paul, au nom du Ciel, qu'est-il vraiment arrivé ?

– Paul, il me semble que c'est à moi de vous poser la question : qu'est-ce qui vous est arrivé à vous ? »

De Grey fixa sur la jeune fille un regard sombre, scrutateur, et puis ferma les yeux et s'accrocha au dossier d'une chaise, comme s'il avait le vertige. « Il y a dix minutes, dit-il lentement, je longeais le fleuve ; tout d'un coup j'ai entendu résonner un cri qui venait de loin et j'ai su que c'était vous qui aviez crié. J'ai fait demi-tour et je suis revenu au galop, j'ai fait trois miles en huit minutes.

– Un cri, cher Paul ? pourquoi pousserais-je un cri ? et qui s'entendrait à trois miles ? Vous faites beaucoup d'honneur à mes poumons.

– Eh bien ! je me le suis donc peut-être imaginé, dit le jeune homme. Mais mon cheval l'a entendu lui aussi, il a dressé les oreilles et il s'est cabré.

– C'est que lui aussi se l'est imaginé. Cela montre que vous êtes un excellent cavalier, et que vous ne faites qu'un avec votre cheval !

– Ah ! Margaret, ne plaisantez pas !

– Disons alors que le cheval ne fait qu'un avec vous !

– Je ne sais pas ce qui s'est passé, mais en tout cas, je n'ai pas honte de le reconnaître, cela m'a complètement bouleversé – j'ai les nerfs à vif.

– De grâce, alors, ne restez pas là debout à grelotter et à tituber comme si vous aviez un accès de fièvre ! Venez vous asseoir sur le canapé. »

Elle lui saisit le bras et l'y conduisit. En retour, il lui étreignit le bras et la fit s'asseoir à côté de lui. Le père Herbert sortit sans qu'ils y fissent attention. De l'autre côté de la porte, il croisa Mrs. De Grey qui arrivait avec ses sels.

« Je crois qu'elle n'en a plus besoin, dit-il, elle a Paul », et ils se rendirent à la table du dîner. Le repas était à moitié terminé lorsque Margaret entra avec Paul.

« Comment vous sentez-vous, mon enfant ? dit Mrs. De Grey.

– Il se sent beaucoup mieux », dit Margaret précipitamment.

Mrs. De Grey eut un sourire de contentement. « Ma future belle-fille, pensa-t-elle, tourne très joliment les choses. »

Le lendemain, s'étant rendue dans la chambre de Mrs. De Grey, Margaret trouva Paul et sa mère ensemble. Les yeux de Mrs. De Grey étaient rougis, comme si elle avait pleuré, et le visage de Paul paraissait tendu, comme après un aveu pénible. Lorsque Margaret entra, il s'approcha de la fenêtre et se mit à regarder dehors, sans lui parler. Elle fit semblant d'être venue à la recherche de quelque ouvrage et, l'ayant trouvé, elle se retira. Elle se sentit toutefois profondément blessée. Qu'avait fait Paul ?

Qu'avait-il dit ? Pourquoi lui avait-il tourné le dos ? Pourquoi ne lui avait-il pas adressé la parole ? La veille au soir encore, lorsqu'ils étaient seuls dans le salon, il s'était montré d'une indescriptible tendresse. C'était un mystère cruel et elle ne connaîtrait aucun repos – bien qu'à la vérité elle en connût déjà fort peu – avant de l'avoir élucidé. L'après-midi, Paul donna de nouveau l'ordre de préparer son cheval et monta changer de tenue. Elle le guetta et l'arrêta, botté et éperonné, dans l'escalier ; comme son cheval n'était pas encore prêt, elle l'entraîna dans le jardin.

« Paul, dit-elle abruptement, que disiez-vous à votre mère ce matin ? Oui, continua-t-elle, essayant en vain de sourire, je l'avoue – je suis jalouse.

– Ô mon âme ! s'écria le jeune homme avec lassitude, et il se cacha le visage des deux mains.

– Cher Paul, dit Margaret, le prenant par le bras, cela est très beau, mais ce n'est pas une réponse. »

Paul fit halte dans l'allée, prit les mains de la jeune fille entre les siennes et la regarda dans les yeux sans ciller, avec une expression qui était en vérité de lassitude – pire que de lassitude, avec une expression de désespoir.

« Jalouse, dites-vous ?

– Ah ! je ne le suis plus ! s'écria-t-elle, lui pressant les mains.

– C'est la première fois que je vous entends dire une sottise.

– Oui, j'ai été sotte d'être jalouse de votre mère ; mais je suis encore jalouse de votre solitude – de ces plaisirs que je ne partage pas – de votre cheval – de vos longues courses.

– Vous souhaitez que je renonce à celle d'aujourd'hui ?

– Cher Paul, où avez-vous l'esprit ? Un souhait... est un souhait... Dire que je le souhaite serait vraiment dire une grande sottise.

– Mon esprit est... là où se trouve quelque chose qui est perdu à jamais ! »

Ses yeux se fermèrent et son front se contracta comme sous l'effet de la douleur.

« Là où se trouvent ma jeunesse, mes espoirs et – comment dire ? – mon bonheur.

– Ah ! dit Margaret sur le ton du reproche, vous avez fermé les yeux pour dire cela.

– Car qu'est-ce que le bonheur sans la jeunesse ?

– On croirait vraiment à vous entendre que j'ai quarante ans ! s'écria Margaret.

– Qu'importerait, pourvu que j'en aie soixante ? »

La jeune fille comprit que cette repartie légère cachait quelque chose de très grave. « Paul, dit-elle, ce qui se passe, c'est tout simplement que vous ne vous sentez pas bien. »

Il fit oui de la tête, et ce oui fut pour elle comme si une main invisible lui avait arraché la vie du cœur.

« C'est ce que vous veniez de dire à votre mère ? »

Il fit de nouveau oui de la tête.

« Et ce que vous ne vouliez pas me dire ? »

Il rougit profondément.

« Naturellement », dit-il.

Elle laissa retomber ses mains et, défaillante, s'assit sur un banc du jardin. Puis soudainement elle se leva et ajouta : « Allez, partez, mais avant de partir, embrassez-moi une fois. » Et Paul l'embrassa et monta à cheval.

En retournant à la maison, elle croisa le père Herbert, qui avait, du porche, regardé le jeune homme s'éloigner et qui retournait à son cabinet de travail.

« Ma chère enfant, dit le prêtre, Paul est très malade. Dieu fasse que, si vous réussissez à éviter la mort, cela ne soit pas au prix de la sienne ! »

Pour toute réponse, Margaret tourna dans sa direction, en passant à côté de lui, un visage si fermé, si décomposé, si torturé, qu'il lui sembla être l'éclatante expression de la peur qui lacérait son propre cœur. Lorsqu'elle se retrouva dans sa chambre, elle s'assit sur son lit étroit et fit effort pour penser clairement et méthodiquement. Ces paroles avaient provoqué de puissants échos dans les vastes solitudes spirituelles de son être. Donc, elle était destinée à découvrir, au terme de sa longue épreuve amoureuse, que la malédiction était absolue, inéluctable, éternelle. Elle pouvait être déviée, mais non vaincue : malgré les plus grands efforts de l'angoisse humaine, elle exigeait insatiablement sa victime. Les forces de Margaret étaient épuisées : que devait-elle faire ? Tout le lustre d'emprunt dont resplendissait son courage l'avait d'un coup abandonnée, et elle se retrouvait assise là, seule, à grelotter dans sa faiblesse. Pauvre dupe qu'elle avait été de cacher – ne fût-ce qu'un jour, qu'une heure – ses souffrances à son amoureux ! Plus lourd était le fardeau, et plus elle aurait dû se reposer sur lui. Ce que ni l'un ni l'autre ne pouvait surmonter seul, ensemble ils auraient certainement pu le surmonter. Mais elle avait aveuglément, absurdement, impitoyablement, soutiré sa vie à Paul. Pendant qu'elle s'épanouissait et prospérait, lui ployait et languissait. Pendant qu'elle vivait pour lui, il mourait à cause d'elle. Odieuse – infernale comédie ! Quel recours y avait-il maintenant ? Elle pensa au suicide, et elle pensa à la fuite – c'était à peu près pareil. Si elle avait été certaine qu'en mettant tout de suite fin à sa vie elle pouvait libérer Paul, lever le mauvais sort, elle n'aurait pas hésité un instant à se plonger un couteau dans le cœur. Mais qui pouvait assurer qu'affaibli, miné qu'il était, le choc que lui donnerait cette mort ne l'achèverait pas lui-même ? Et – ce qui était le pire – elle soupçonnait qu'il commençait à éprouver de l'aversion pour elle et qu'une vague intuition de l'influence néfaste qu'elle exerçait s'était déjà emparée de lui. Il était froid et lointain. Comment expliquer autrement que, lorsqu'il avait commencé à se sentir vraiment malade, il ne s'en était pas d'abord ouvert à elle ? Il éprouvait pour elle du dégoût, de la répulsion. Néanmoins elle s'accrochait encore, avec l'avidité du désespoir, à l'idée qu'il n'était pas trop tard pour se tourner vers lui et lui révéler toute l'horreur de son secret. Quoi qu'il advînt alors – mort ou délivrance –, du moins l'affronteraient-ils ensemble.

Maintenant que l'enchantement de son triomphe imaginaire s'était dissipé, elle se sentait complètement épuisée et anéantie. Son corps tout entier aspirait douloureusement au sommeil et à l'oubli. Elle ferma les yeux et sombra dans l'insensibilité la plus profonde. Lorsqu'elle revint à elle, il faisait noir. Elle se leva, alla à la fenêtre et vit les étoiles. Elle alluma une bougie, sa petite pendule indiquait neuf heures. Elle avait dormi pendant cinq heures. Elle s'habilla en toute hâte et descendit.

Dans le salon, près d'une fenêtre ouverte, enveloppée de son châle, avec une bougie, Mrs. De Grey était assise.

« Vous avez de la chance, ma petite, s'écria-t-elle, de pouvoir dormir à poings fermés quand nous sommes tous dans tous nos états.

– Chère Mrs. De Grey, qu'est-il arrivé ?

– Paul n'est pas rentré. »

Margaret ne répondit pas : elle tendait l'oreille vers un bruit lointain de sabots de cheval. Elle courut jusqu'à la porte d'entrée et de là jusqu'au portail de la cour. Elle vit alors, à la clarté sombre des étoiles, une forme qui s'avançait avec un martèlement rapide de fers. La pauvre enfant n'eut qu'un bref instant d'incertitude. C'était le cheval de Paul qui arrivait au galop par la rue – sans cavalier. Elle poussa un cri et s'élança, essaya de saisir la bride, mais il fit un écart, en hennissant bruyamment, ralentit à peine et s'engouffra par une entrée située plus bas. Elle entendit ses fers claquer sur les pavés, et les cris et les exclamations du palefrenier qui accueillaient son arrivée à l'écurie.

Éperdument, sans un instant de réflexion, elle se précipita dans les ténèbres de la rue en appelant Paul. Elle n'avait pas fait un quart de mile qu'elle entendit une voix lui répondre. Répétant son appel, elle reconnut celle de son amoureux.

Il était debout, accoté à un tronc d'arbre, et paraissait indemne, mais son visage, rendu livide par les sueurs phosphorescentes de l'agonie, luisait à travers l'obscurité comme l'emblème du reproche. Il avait ressenti une faiblesse soudaine et un étourdissement, et les efforts qu'il avait faits pour rester en selle avaient effrayé son cheval, qui avait piqué furieusement de la tête et l'avait désarçonné. Il parlait d'une voix hésitante, appuyé sur l'épaule de Margaret.

« Je suis allé comme un fou. Je me sentais malade quand je suis sorti, mais sans l'ombre d'une cause. J'étais décidé à faire passer mon malaise avec l'exercice et le grand air. » Il s'arrêta, cherchant sa respiration.

« Et vous vous sentez mieux, mon amour ? murmura Margaret.

– Non, je me sens plus mal. Je suis un homme mort. »

Margaret étreignit son amoureux avec un long gémissement aigu qui perça la nuit.

« Je ne vous appartiens plus, chère et malheureuse âme – j'appartiens, par je ne sais quels liens fatals et inexorables, aux ténèbres et à la mort et au néant. Ils m'étouffent. Entendez-vous ma voix ?

– Ah ! limon insensé que je suis, je vous ai tué.

– Je le crois. Quelle chose étrange ! Que se passe-t-il, Margaret ? Vous êtes ensorcelée – maléfique – fatale ! » Sa voix n'était guère qu'un murmure, comme si elle l'abandonnait ; son souffle sur la joue de Margaret était froid, et son bras lourd sur son cou.

« Non, cria-t-elle, au nom du Ciel, continuez de parler ! Dites quelque chose qui me tuera !

– Adieu, adieu », dit Paul en s'affaissant.

Le cri de Margaret avait indiqué à toute la maisonnée alarmée, qu'elle avait devancée, l'endroit où elle se trouvait. Le père Herbert accourut, avec des domestiques portant des torches. Ils trouvèrent Margaret assise au bord de la route, les pieds dans le fossé ; elle serrait dans ses bras la tête inanimée de son amoureux et la couvrait de baisers, en poussant des gémissements inhumains. La raison avait abandonné son esprit aussi complètement que la vie avait abandonné le corps de Paul, et il était aussi peu probable que l'une revînt à celui-là que l'autre à celui-ci.

*

Naturellement, Mrs. De Grey ne se trouva pas avant de nombreux mois dans une disposition qui lui permît de faire une allusion directe au malheur immense qui avait accablé sa maison. Lorsqu'elle le fit, le père Herbert découvrit avec surprise qu'elle se refusait encore à y voir l'effet d'une intervention surnaturelle dans la vie de son fils et qu'elle persistait tranquillement dans la conviction que Paul était mort d'une chute de cheval.

« Et supposez que Margaret soit morte ? Plût au Ciel qu'il en ait été ainsi ! dit le prêtre.

– Ah ! supposez ! dit Mrs. De Grey. Est-ce que vous formulez ce vœu pour illustrer votre théorie ?

– Supposez que Margaret ait eu un amoureux – un amoureux passionné – qui lui ait offert son cœur avant même que Paul ait jeté les yeux sur elle, et qu'ensuite Paul soit venu, en apportant avec lui l'amour et la mort.

– Eh bien ! que se serait-il passé ?

– Lequel des trois, croyez-vous, aurait eu la plus grande cause de tristesse ?

– Ce sont toujours ceux qui survivent à un malheur qui sont les plus à plaindre, dit Mrs. De Grey.

– En effet, madame, ce sont ceux qui survivent – même cinquante ans plus tard. »

DÉCOUVREZ LES FOLIO 2 €

Parutions de septembre 2009

Eva ALMASSY *Petit éloge des petites filles*

À quel âge les petites filles cessent-elles d'être des petites filles ? À travers les portraits de fillettes réelles et imaginaires, Eva Almassy nous entraîne dans un pays mystérieux et délicieux.

Franz BARTELT *Petit éloge de la vie de tous les jours*

Dans les brumes ardennaises, Franz Bartelt décortique les petits travers de ses contemporains avec un humour et une férocité jubilatoires.

Roger CAILLOIS *Noé* et autres textes

Quelques textes audacieux et surprenants d'une rare intelligence.

CASANOVA *Madame F.* suivi de *Henriette*

Entre deux ébats amoureux, Casanova nous entraîne à sa suite dans l'Europe libertine du XVIIIe siècle.

Henry JAMES *De Grey, histoire romantique*

Une nouvelle tragique et mystérieuse dans laquelle Henry James explore l'univers irrationnel de la passion amoureuse.

Patrick KÉCHICHIAN *Petit éloge du catholicisme*

Loin de tout prosélytisme, Patrick Kéchichian témoigne avec force de sa conversion au catholicisme et du bouleversement qui s'est ensuivi.

Michel LERMONTOV *La Princesse Ligovskoï*

Ce roman inachevé nous offre une admirable peinture psychologique de deux jeunes mondains, ainsi qu'une brillante peinture du Saint-Pétersbourg de 1830.

Pierre PÉJU *L'idiot de Shanghai* et autres nouvelles

Pierre Péju, à travers trois nouvelles subtiles, nous propose une réflexion pleine de finesse et d'humour sur l'écrivain et ses personnages.

Brina SVIT *Petit éloge de la rupture*

Ruptures amoureuses bien sûr, mais aussi ruptures linguistiques, professionnelles ou amicales… Le temps d'écrire ce petit éloge, Brina Svit les a toutes connues.

John UPDIKE *Publicité* et autres nouvelles

À travers ces quatre nouvelles, John Updike brosse un tableau affectueux bien que critique du couple dans tous ses états.

Dans la même collection

M. D'AGOULT	*Premières années* (Folio n° 4875)
R. AKUTAGAWA	*Rashômon* et autres contes (Folio n° 3931)
AMARU	*La Centurie. Poèmes amoureux de l'Inde ancienne* (Folio n° 4549)
P. AMINE	*Petit éloge de la colère* (Folio n° 4786)
M. AMIS	*L'état de l'Angleterre* précédé de *Nouvelle carrière* (Folio n° 3865)
H. C. ANDERSEN	*L'elfe de la rose* et autres contes du jardin (Folio n° 4192)
ANONYME	*Ma'rûf le savetier* (Folio n° 4317)
ANONYME	*Le poisson de jade et l'épingle au phénix* (Folio n° 3961)
ANONYME	*Saga de Gísli Súrsson* (Folio n° 4098)
G. APOLLINAIRE	*Les Exploits d'un jeune don Juan* (Folio n° 3757)
ARAGON	*Le collaborateur* et autres nouvelles (Folio n° 3618)
I. ASIMOV	*Mortelle est la nuit* précédé de *Chante-cloche* (Folio n° 4039)
S. AUDEGUY	*Petit éloge de la douceur* (Folio n° 4618)
AUGUSTIN (SAINT)	*La Création du monde et le Temps* suivi de *Le Ciel et la Terre* (Folio n° 4322)

MADAME D'AULNOY	*La Princesse Belle Étoile et le prince Chéri* (Folio n° 4709)
J. AUSTEN	*Lady Susan* (Folio n° 4396)
H. DE BALZAC	*L'Auberge rouge* (Folio n° 4106)
H. DE BALZAC	*Les dangers de l'inconduite* (Folio n° 4441)
É. BARILLÉ	*Petit éloge du sensible* (Folio n° 4787)
J. BARNES	*À jamais* et autres nouvelles (Folio n° 4839)
S. DE BEAUVOIR	*La Femme indépendante* (Folio n° 4669)
T. BENACQUISTA	*La boîte noire* et autres nouvelles (Folio n° 3619)
K. BLIXEN	*L'éternelle histoire* (Folio n° 3692)
K. BLIXEN	*Saison à Copenhague* (Folio n° 4911)
BOILEAU-NARCEJAC	*Au bois dormant* (Folio n° 4387)
M. BOULGAKOV	*Endiablade* (Folio n° 3962)
R. BRADBURY	*Meurtres en douceur* et autres nouvelles (Folio n° 4143)
L. BROWN	*92 jours* (Folio n° 3866)
S. BRUSSOLO	*Trajets et itinéraires de l'oubli* (Folio n° 3786)
J. M. CAIN	*Faux en écritures* (Folio n° 3787)
MADAME CAMPAN	*Mémoires sur la vie privée de Marie-Antoinette* (Folio n° 4519)
A. CAMUS	*Jonas ou l'artiste au travail* suivi de *La pierre qui pousse* (Folio n° 3788)
A. CAMUS	*L'été* (Folio n° 4388)
T. CAPOTE	*Cercueils sur mesure* (Folio n° 3621)
T. CAPOTE	*Monsieur Maléfique* et autres nouvelles (Folio n° 4099)

A. CARPENTIER	*Les élus* et autres nouvelles (Folio n° 3963)
M. DE CERVANTÈS	*La petite gitane* (Folio n° 4273)
R. CHANDLER	*Un mordu* (Folio n° 3926)
I. DE CHARRIÈRE	*Sir Walter Finch et son fils William* (Folio n° 4708)
J. CHEEVER	*Une Américaine instruite* précédé de *Adieu, mon frère* (Folio n° 4840)
G. K. CHESTERTON	*Trois enquêtes du Père Brown* (Folio n° 4275)
E. M. CIORAN	*Ébauches de vertige* (Folio n° 4100)
COLLECTIF	*Au bonheur de lire* (Folio n° 4040)
COLLECTIF	*« Dansons autour du chaudron »* (Folio n° 4274)
COLLECTIF	*Des mots à la bouche* (Folio n° 3927)
COLLECTIF	*« Il pleut des étoiles »* (Folio n° 3864)
COLLECTIF	*« Leurs yeux se rencontrèrent... »* (Folio n° 3785)
COLLECTIF	*« Ma chère Maman... »* (Folio n° 3701)
COLLECTIF	*« Mon cher Papa... »* (Folio n° 4550)
COLLECTIF	*« Mourir pour toi »* (Folio n° 4191)
COLLECTIF	*« Parce que c'était lui ; parce que c'était moi »* (Folio n° 4097)
COLLECTIF	*« Que je vous aime, que je t'aime ! »* (Folio n° 4841)
COLLECTIF	*Sur le zinc* (Folio n° 4781)
COLLECTIF	*Un ange passe* (Folio n° 3964)
COLLECTIF	*1, 2, 3... bonheur !* (Folio n° 4442)

CONFUCIUS	*Les Entretiens* (Folio n° 4145)
J. CONRAD	*Jeunesse* (Folio n° 3743)
J. CONRAD	*Le retour* (Folio n° 4737)
B. CONSTANT	*Le Cahier rouge* (Folio n° 4639)
J. CORTÁZAR	*L'homme à l'affût* (Folio n° 3693)
J. CORTÁZAR	*La porte condamnée* et autres nouvelles fantastiques (Folio n° 4912)
J. CRUMLEY	*Tout le monde peut écrire une chanson triste* et autres nouvelles (Folio n° 4443)
D. DAENINCKX	*Ceinture rouge* précédé de *Corvée de bois* (Folio n° 4146)
D. DAENINCKX	*Leurre de vérité* et autres nouvelles (Folio n° 3632)
D. DAENINCKX	*Petit éloge des faits divers* (Folio n° 4788)
R. DAHL	*Gelée royale* précédé de *William et Mary* (Folio n° 4041)
R. DAHL	*L'invité* (Folio n° 3694)
R. DAHL	*Le chien de Claude* (Folio n° 4738)
S. DALI	*Les moustaches radar (1955-1960)* (Folio n° 4101)
M. DÉON	*Une affiche bleue et blanche* et autres nouvelles (Folio n° 3754)
R. DEPESTRE	*L'œillet ensorcelé* et autres nouvelles (Folio n° 4318)
R. DETAMBEL	*Petit éloge de la peau* (Folio n° 4482)
P. K. DICK	*Ce que disent les morts* (Folio n° 4389)
D. DIDEROT	*Lettre sur les aveugles à l'usage de ceux qui voient* (Folio n° 4042)
F. DOSTOÏEVSKI	*La femme d'un autre et le mari sous le lit* (Folio n° 4739)

R. DUBILLARD	*Confession d'un fumeur de tabac français* (Folio n° 3965)
A. DUMAS	*La Dame pâle* (Folio n° 4390)
I. EBERHARDT	*Amours nomades* (Folio n° 4710)
M. ELIADE	*Incognito à Buchenwald...* précédé de *Adieu !...* (Folio n° 4913)
M. EMBARECK	*Le temps des citrons* (Folio n° 4596)
S. ENDO	*Le dernier souper* et autres nouvelles (Folio n° 3867)
ÉPICTÈTE	*De la liberté* précédé de *De la profession de Cynique* (Folio n° 4193)
W. FAULKNER	*Le Caïd* et autres nouvelles (Folio n° 4147)
W. FAULKNER	*Une rose pour Emily* et autres nouvelles (Folio n° 3758)
C. FÉREY	*Petit éloge de l'excès* (Folio n° 4483)
F. S. FITZGERALD	*L'étrange histoire de Benjamin Button* suivi de *La lie du bonheur* (Folio n° 4782)
F. S. FITZGERALD	*La Sorcière rousse* précédé de *La coupe de cristal taillé* (Folio n° 3622)
F. S. FITZGERALD	*Une vie parfaite* suivi de *L'accordeur* (Folio n° 4276)
É. FOTTORINO	*Petit éloge de la bicyclette* (Folio n° 4619)
C. FUENTES	*Apollon et les putains* (Folio n° 3928)
C. FUENTES	*La Desdichada* (Folio n° 4640)
GANDHI	*La voie de la non-violence* (Folio n° 4148)
R. GARY	*Les trésors de la mer Rouge* (Folio n° 4914)
R. GARY	*Une page d'histoire* et autres nouvelles (Folio n° 3753)

MADAME DE GENLIS	*La Femme auteur* (Folio n° 4520)
A. GIDE	*Souvenirs de la cour d'assises* (Folio n° 4842)
J. GIONO	*Arcadie... Arcadie...* précédé de *La pierre* (Folio n° 3623)
J. GIONO	*Notes sur l'affaire Dominici* suivi de *Essai sur le caractère des personnages* (Folio n° 4843)
J. GIONO	*Prélude de Pan* et autres nouvelles (Folio n° 4277)
V. GOBY	*Petit éloge des grandes villes* (Folio n° 4620)
N. GOGOL	*Une terrible vengeance* (Folio n° 4395)
W. GOLDING	*L'envoyé extraordinaire* (Folio n° 4445)
W. GOMBROWICZ	*Le festin chez la comtesse Fritouille* et autres nouvelles (Folio n° 3789)
H. GUIBERT	*La chair fraîche* et autres textes (Folio n° 3755)
E. HEMINGWAY	*L'étrange contrée* (Folio n° 3790)
E. HEMINGWAY	*Histoire naturelle des morts* et autres nouvelles (Folio n° 4194)
E. HEMINGWAY	*La capitale du monde* suivi de *L'heure triomphale de Francis Macomber* (Folio n° 4740)
C. HIMES	*Le fantôme de Rufus Jones* et autres nouvelles (Folio n° 4102)
E. T. A. HOFFMANN	*Le Vase d'or* (Folio n° 3791)
A. HUXLEY	*Le jeune Archimède* précédé de *Les Claxton* (Folio n° 4915)
J.-K. HUYSMANS	*Sac au dos* suivi de *À vau l'eau* (Folio n° 4551)
P. ISTRATI	*Mes départs* (Folio n° 4195)

H. JAMES	*Daisy Miller* (Folio n° 3624)
H. JAMES	*Le menteur* (Folio n° 4319)
R. JAUFFRET	*Ce que c'est que l'amour* et autres microfictions (Folio n° 4916)
JI YUN	*Des nouvelles de l'au-delà* (Folio n° 4326)
T. JONQUET	*La folle aventure des Bleus...* suivi de *DRH* (Folio n° 3966)
F. KAFKA	*Lettre au père* (Folio n° 3625)
J. KEROUAC	*Le vagabond américain en voie de disparition* précédé de *Grand voyage en Europe* (Folio n° 3694)
J. KESSEL	*Makhno et sa juive* (Folio n° 3626)
J. KESSEL	*Une balle perdue* (Folio n° 4917)
R. KIPLING	*La marque de la Bête* et autres nouvelles (Folio n° 3753)
N. KUPERMAN	*Petit éloge de la haine* (Folio n° 4789)
J.-M. LACLAVETINE	*Petit éloge du temps présent* (Folio n° 4484)
MADAME DE LAFAYETTE	*Histoire de la princesse de Montpensier* et autres nouvelles (Folio n° 4876)
J. DE LA FONTAINE	*Comment l'esprit vient aux filles* et autres contes libertins (Folio n° 4844)
LAO SHE	*Histoire de ma vie* (Folio n° 3627)
LAO SHE	*Le nouvel inspecteur* suivi de *Le croissant de lune* (Folio n° 4783)
LAO-TSEU	*Tao-tö king* (Folio n° 3696)
V. LARBAUD	*Mon plus secret conseil...* (Folio n° 4553)
J. M. G. LE CLÉZIO	*Peuple du ciel* suivi de *Les bergers* (Folio n° 3792)

LIE-TSEU	*Sur le destin* et autres textes (Folio n° 4918)
J. LONDON	*La piste des soleils* et autres nouvelles (Folio n° 4320)
P. LOTI	*Les trois dames de la Kasbah* suivi de *Suleïma* (Folio n° 4446)
H. P. LOVECRAFT	*La peur qui rôde* et autres nouvelles (Folio n° 4194)
H. P. LOVECRAFT	*Celui qui chuchotait dans les ténèbres* (Folio n° 4741)
P. MAGNAN	*L'arbre* (Folio n° 3697)
K. MANSFIELD	*Mariage à la mode* précédé de *La Baie* (Folio n° 4278)
MARC AURÈLE	*Pensées (Livres I-VI)* (Folio n° 4447)
MARC AURÈLE	*Pensées (Livres VII-XII)* (Folio n° 4552)
G. DE MAUPASSANT	*Apparition* et autres contes de l'étrange (Folio n° 4784)
G. DE MAUPASSANT	*Le Verrou* et autres contes grivois (Folio n° 4149)
I. McEWAN	*Psychopolis* et autres nouvelles (Folio n° 3628)
H. MELVILLE	*Les Encantadas, ou Îles Enchantées* (Folio n° 4391)
P. MICHON	*Vie du père Foucault – Vie de Georges Bandy* (Folio n° 4279)
H. MILLER	*Lire aux cabinets* précédé de *Ils étaient vivants et ils m'ont parlé* (Folio n° 4554)
H. MILLER	*Plongée dans la vie nocturne...* précédé de *La boutique du Tailleur* (Folio n° 3929)
R. MILLET	*Petit éloge d'un solitaire* (Folio n° 4485)

S. MINOT	*Une vie passionnante* et autres nouvelles (Folio n° 3967)
Y. MISHIMA	*Dojoji* et autres nouvelles (Folio n° 3629)
Y. MISHIMA	*Martyre* précédé de *Ken* (Folio n° 4043)
Y. MISHIMA	*Papillon* suivi de *La lionne* (Folio n° 4845)
M. DE MONTAIGNE	*De la vanité* (Folio n° 3793)
E. MORANTE	*Donna Amalia* et autres nouvelles (Folio n° 4044)
A. DE MUSSET	*Emmeline* suivi de *Croisilles* (Folio n° 4555)
V. NABOKOV	*Un coup d'aile* suivi de *La Vénitienne* (Folio n° 3930)
I. NÉMIROVSKY	*Ida* suivi de *La comédie bourgeoise* (Folio n° 4556)
P. NERUDA	*La solitude lumineuse* (Folio n° 4103)
G. DE NERVAL	*Pandora* et autres nouvelles (Folio n° 4742)
F. NIWA	*L'âge des méchancetés* (Folio n° 4444)
G. OBIÉGLY	*Petit éloge de la jalousie* (Folio n° 4621)
F. O'CONNOR	*Un heureux événement* suivi de *La Personne Déplacée* (Folio n° 4280)
K. OÉ	*Gibier d'élevage* (Folio n° 3752)
J. C. ONETTI	*À une tombe anonyme* (Folio n° 4743)
L. OULITSKAÏA	*La maison de Lialia* et autres nouvelles (Folio n° 4045)
C. PAVESE	*Terre d'exil* et autres nouvelles (Folio n° 3868)

C. PELLETIER	*Intimités* et autres nouvelles (Folio n° 4281)
P. PELOT	*Petit éloge de l'enfance* (Folio n° 4392)
PIDANSAT DE MAIROBERT	*Confession d'une jeune fille* (Folio n° 4392)
L. PIRANDELLO	*Première nuit* et autres nouvelles (Folio n° 3794)
E. A. POE	*Aventure sans pareille d'un certain Hans Pfaall* (Folio n° 3862)
E. A. POE	*Petite discussion avec une momie* et autres histoires extraordinaires (Folio n° 4558)
J.-B. POUY	*La mauvaise graine* et autres nouvelles (Folio n° 4321)
M. PROUST	*L'affaire Lemoine* (Folio n° 4325)
M. PROUST	*La fin de la jalousie* et autres nouvelles (Folio n° 4790)
QIAN ZHONGSHU	*Pensée fidèle* suivi de *Inspiration* (Folio n° 4324)
R. RENDELL	*L'Arbousier* (Folio n° 3620)
J. RHYS	*À septembre, Petronella* suivi de *Qu'ils appellent ça du jazz* (Folio n° 4448)
MADAME RICCOBONI	*Histoire de M. le marquis de Cressy* (Folio n° 4877)
R. M. RILKE	*Au fil de la vie* (Folio n° 4557)
P. ROTH	*L'habit ne fait pas le moine* précédé de *Défenseur de la foi* (Folio n° 3630)
D. A. F. DE SADE	*Ernestine. Nouvelle suédoise* (Folio n° 3698)
D. A. F. DE SADE	*Eugénie de Franval* (Folio n° 4785)

Composition Nord Compo
Impression Novoprint
à Barcelone, le 11 août 2009
Dépôt légal : août 2009

ISBN 978-2-07-039866-9./Imprimé en Espagne.

166904